JN222190

＼また／

団地のふたり

藤野千夜

U-NEXT

目次

装画　北澤平祐
装丁　鈴木久美

また団地のふたり

第一話

バターをやめた（い）日

1

5のつく日は、駅前の喫茶店〈まつ〉のホットケーキが安い。

プレーンの二枚重ねが、二〇〇円で食べられる。

一時は、その日にホットケーキを食べると、次回以降に使える割引券をもらえるシステムに変わったのだけれど、最近、また以前のように、当日食べるホットケーキが安くなった。

もちろん、利用客としては、そっちのほうが断然いい。

「行くよね、それは」

「行くよ」

誘い合わせて食べに行った帰り、桜井奈津子（さくらいなつこ）が友人の太田野枝（おおたのえ）と笑いながら団地内を歩いていると、

「なっちゃん、なっちゃん」

共同菜園のツツジの陰から、ぬっ、とおばちゃんが顔を出した。同じ棟の三階に住む、佐久間（さくま）のおばちゃんだった。

「わ。びっくりした。こんにちは」

「なっちゃん、イチゴ、いっぱいできてるよ。食べて」

手招きされて足を踏み入れると、ところどころに白い花が咲いたイチゴの葉の陰に、小ぶりな赤い実がたくさんついている。

「いただきまーす」

奈津子はさっそく一つつまんで、口に放り込んだ。

顔に近づけたときの甘い香りとともに、熟れる直前といった様子の、イチゴの味が口の中にふわっと広がる。

「甘い！」

「でしょ！」

つばの広い、メッシュの帽子をかぶったおばちゃんが嬉しそうに言った。

「ほら、野枝ちゃんも食べて」

「……はい」

「遠慮しないで」

「はい……」

「どうしたの、ノエチ」

動きの鈍いノエチにかわり、なるべく大きな一つをつまんで差し出すと、

「（なっちゃん、それ、洗ってない）」

とノエチが小声で言った。

「え？」

「（洗ってないよ）」

「ああ！　洗ってない、ね。いいじゃん、味見の一粒くらい」

奈津子は無駄に神経質なノエチを笑った。「ゴミがついてたら、指で弾き飛

ばしなよ」

「あら、気になった？　ごめんね。じゃあ、お部屋に持って帰って、しっかり洗ってから食べて。おいしいわよ」

いつも親切なおばちゃんは、べつに気分を害したふうもなく、むしろ申し訳なさそうに言った。「ねえ、なっちゃん、好きなだけつんじゃってね」

「いいんですか」

「いいわよ、こっから、ここまで。どーんと行っちゃって」

イチゴの植わった一帯、幅一メートルくらいを、佐久間のおばちゃんは大きく手で示した。イチゴの葉の向こうには、ブルーベリーの木が繁っていて、そちらも実をつけはじめている。

「じゃあ、遠慮なく」

奈津子は答えると、本格的に腰をかがめ、一粒、もう一粒とイチゴをつまむ。

「増えましたね、イチゴ。最初、五株……とかじゃなかったですか？」

「そう、五株だったの！　よく覚えてるわね。毎年どんどん増えてるのよ」

「ていうことは、来年、もっと収穫できますね！」

つんだイチゴをつぎつぎと左手にのせ、山盛りいっぱいになったところで、奈津子はノエチを手招きした。

仕事がお休みのノエチは、明らかにオーヴァーサイズの、だぼっとしたTシャツを着ている。

その裾を両手で前に持ち上げさせて、そこにイチゴを全部のせた。

「やだ、面白い。そうやって運ぶの？」

佐久間のおばちゃんが笑い、自分もイチゴをつまむと、陽気な収穫仲間のように、鼻歌まじりにノエチのTシャツに赤い実をのせはじめた。

一つ。二つ。三つ。

「ほら、なっちゃんもどんどんつんで」

「ありがとうございます」

奈津子も笑いながら、イチゴを新しくつむと、ノエチのTシャツにぽいぽいとのせていく。

五十歳を二つ過ぎても、奈津子もノエチも相変わらずだった。

イラストレーターの奈津子に、本業の絵の依頼は少なく、日々多くの時間を、フリマアプリやネットオークションでの売買に費やしている。

一度、大学を追われたノエチも、やはりよその学校の非常勤講師の掛け持ちで収入を得ている。

どちらも実家の団地に出戻ることで、どうにか生活ができているようなものだったけれど、示し合わせたわけではなく、本当にたまたま同時期に戻ったのが幸運。

一番親しい友人が、昔のまま近所にいるのは心強かった。

というか、楽しかった。

うっかり忘れ物をしても、急な相談も、頼みごとも、じゃあ今から行く、で片づいてしまう。

実際、隣の棟なので、ドアからドアまででも、一分ほどしかかからない。なんの約束もなく歩いていても、あちこちでバッタリ顔を合わせるくらいだった。

建て替え目前の古い団地だったけれど、まだ具体的な日取りは決まっていない。

ゆったりと庭があり、公園があり、顔見知りのおばちゃんたちがまだ何人も住んでいる。

2

一階の奈津子の部屋に入って、そろーりとキッチンへ進み、イチゴをザルに空けた。

さっと水洗いして、まだ味見をしていないノエチに一つ食べさせる。

「甘い！」

とノエチはようやく感心したように言った。「小さいのに、ちゃんとイチゴの味がするね」

「まあね、イチゴだからね」

奈津子も一つ、口に放り込む。「甘い！」

ノエチの着ているTシャツには、奈津子のオリジナルキャラクター、ふわふわと飛ぶ天使のような、小さな「ソラちゃん」がいくつも描かれている。おっとりとしていて、やさしく、花の名前に詳しい友だち、同じ団地に住んでいた空ちゃんがモデルだった。

その「ソラちゃん」を主人公に絵本を作ろうとしていて、そちらはまだ完成しなかった。もちろん奈津子が絵を描くのだけれど、小さい頃に気に入って、くり返し読んだ記憶のある絵本は、あかから生まれた「あかたろう」だけ。

話を考えるのが難しいと泣きつくと、

「しょうがないな～、じゃあ、そっちはまかせて！」

と、本好きなノエチが請け合ってくれたのだった。

なのに、一向にストーリーが上がってこない。

「いくらのんびりした空ちゃんだって、いい加減呆れてるよ」

一度、奈津子が文句を言うと、

「空ちゃんは、これくらいじゃ呆れないよ。いつもしゃがんで、じっと木や花を見てるから」

ノエチは調子よく言い返し、少しも慌てるそぶりがなかったから、奈津子はひとまずオリジナルのグッズを作ってみたのだった。

イラストや写真なんかを用意すれば、一個からグッズを製作・販売できるサイトを使い、「ソラちゃん」のTシャツと、エコバッグを作ったのだ。

もちろん買って持っているのは、奈津子とノエチのふたりだけだったけれども。

「いいよね~同じ団地に部屋がふたつあるのって。便利!」

最近、遊びにくると、ノエチはよくそんな調子のいいことを言う。

「家はひとつずつ、ひとつずつ」

奈津子はきっちり訂正した。もっとも、口では堅いことを言っても、来客はもてなすタイプだ。ノエチも両親と同居の部屋へ帰るより、ここでのんびりしているほうが楽なのだろう。

「っていうか、もう二拠点生活かな、これは」

「いやいや、二拠点って。同じ団地だって」

奈津子は笑いながら首を横に振った。


ノエチとは違うタイプの神経質な奈津子は、外から来た荷物は、基本、一日寝かせることにしている。

昨日届いた荷物を、玄関脇に置いてあったので、奈津子は運んで来て開いた。

親戚の裕子ちゃんからの宅急便だった。

茨城の笠間市に住む遠縁だった。親同士が〈はとこ〉くらいのつながりだったけれど、裕子ちゃんが若い頃に東京の画材店で働いていたから、当時、奈津子の家（ここ）によく遊びに来ていた。

十歳年上で、絵がうまい。少女漫画雑誌のコンテストに応募して、特賞のヨーロッパ旅行をプレゼントされたこともある。

奈津子には、憧れのお姉さんだった。

茨城の菓子舗の屋号が印刷された、八十サイズのダンボール箱の中には、新聞紙でくるまれた陶器と、奈津子の好きな「将門煎餅」と栗羊羹、それと手作りのアクセサリーが入っていた。

「やった〜！　将門煎餅だ！　メグちゃんのお皿もある！」

しっかり声に出して喜び、新聞紙にくるまれた陶器を丁寧に開いていると、

「きれいなお皿」

ノエチが言った。素朴な平皿に、馬の絵が刻まれている。

「ね、いいでしょ」

と、奈津子は答えた。絵と色使いがあたたかく、でも可愛らしい。「ハネモノなんだって、これで」

「ハネモノ？」

「自分の作品として、売り物にはできないってことらしいよ」

「あ〜、ハネるものね。がしゃん、って地面に叩きつけて割っちゃうやつだ、ガンコな陶芸家が」

「そう、ドラマでしか見たことないけど」

奈津子も同じ光景を思い浮かべた。お皿を焼いたのは裕子ちゃんではなくて、近くに住む彼女の友人で、プロの陶芸家の女性だった。「売り物にはできないけど、使いたかったらどうぞ、って。前にひとつもらったことがあって、それ、気に入ってずっと使ってるって裕子ちゃんに言ったの、憶えててくれたんだね」

「へえ、いいね」

「得しちゃった。電話していい？」

「どうぞ」

「じゃあ、これでも読んでて」

ノエチの暇つぶし用に、売り物にするつもりの雑誌「ＪＵＮＥ」を二冊渡すと、奈津子は裕子ちゃんにお礼の電話をかけた。

裕子ちゃんは家にいた。

昔は東京と茨城を行き来していたし、特賞でヨーロッパにだって行ったのに、遠縁とはいえ血筋もあるのか、三十歳を過ぎた頃から、奈津子と同じようにどんどん乗り物が苦手になったようで、今ではまったく県外へは出ないらしい。

もちろん奈津子は都内でもすぐに具合が悪くなるくらいで、とても茨城へ行ける気はしなかったから、裕子ちゃんと直接会うのは難しかった。

そのぶん、こうやって定期的に荷物を送り合い、近況を電話で話している。

「最近、どんなふう？」

お皿のお礼を言ってから、奈津子が訊くと、

「どんなも、こんなもないけどね」

裕子ちゃんは笑いながら言った。

「おじちゃんも元気そうだね」

荷物と一緒に、裕子ちゃんがお父さんと並ぶ写真が入っていた。たくさんの、大きな菊の花と写っている。「これっていつの写真？」

「写真？　ああ。去年の秋、笠間の菊まつりのときのやつ」

「へえ、行ったんだ」

「行った、久しぶり」

秋ということなら、半年くらい前の写真だったけれど、今していることを、

なんでもすぐにインターネットにあげてしまう世代とも違う。

特に裕子ちゃんは、SNSをやるタイプでもなかったから、親切な荷物と一緒に、思い立って去年のおまつりの写真を送ってくれるくらいが、本人にとって、ちょうどいいスピードなのだろう。

もちろん受け取る奈津子の側だって、本来、それくらいの速度で十分だった。

「お父ちゃん、なかなか車の運転やめてくんなくて、それは困ってんだよね」

裕子ちゃんが言った。お父さんは八十代の後半、あと何年かで九十歳を迎えるくらいだった。「こないだなんて、川の土手走ってて、タイヤがパンクしてさー、それなのに停めないで走ってんだよ」

「わー、それは怖いね。さすがに免許を返納してもらったほうが」

「でしょ〜。でも、私が今から免許取るっていうのも、難しいんだよね、乗り物がダメだから」

「そっちも危ないよ」

「東京ならいいんだけどね、こっちは車がないと、どこにも行けないってのもあるし。もうタクシーにしな、って言っても、そんなお金はないとか、電話で呼んでもなかなか来ないとか言って、ちっとも聞かないんだよね」

高齢のお父さんにだいぶ困っている口ぶりで、裕子ちゃんは言った。ただ周りにもっと高齢の運転者が大勢いるせいか、本人はまだまだ大丈夫な気でいるし、教習所の高齢者講習でもいい調子だったらしい。まったく問題なし、成績優秀と担当の人に言われたとか。

「でも、事故起こさないうちに、うまくやめてもらうのがいいね。今まで運転してもらって感謝してるからさ」

裕子ちゃんの言葉に、奈津子は、うん、とうなずいた。

「あとさ、お父ちゃん、最近、起きてすぐに散歩行っちゃうんだよね。なんか今、おじいさんが散歩するのが流行ってるらしくて。だからってさ、手ぶらで、水も持たないで出かけて、一時間も二時間も帰ってこないから心配なんだよ」

「それもまた怖いね」

以前、外で熱中症になったことのある奈津子が言った。それから経口補水液は常備している。「水は持とうよ」

「だよね」

裕子ちゃんが笑った。「そんでお父ちゃんが散歩に出かけると、こっちは、ゆっくり朝ごはん作ることにしてんだよね。支度にたっぷり二時間くらいかけてると、ちょうどお父ちゃんが帰ってきて、食べるのが十時とか」

「和食？」

「うん。ご飯炊いて、お味噌汁もちゃんと出汁とって、お漬物と、あとは魚。焼いたり、煮たり。朝は魚に決めてるね。お父ちゃんにはピーナッツ味噌も」

「へえ、いいね、憧れるね」と、奈津子は言った。自分もそんな朝食にしてみたい。

「なっちゃんも時間あるんだから、やれるよ！　朝、ご飯炊いてみい」

「たしかに……でも夜、ノエチと食べることが多いから、そこで炊いちゃうんだよね。で、その残ったぶんを、冷凍しておくんだけど」

ノエチに会ったことのある裕子ちゃんに説明した。大昔、この団地でも会ったことがあるのだけれど、それだけではなくて、五年ほど前、笠間に仕事の用で行くノエチに、裕子ちゃんに案内してもらえば、と会いに行かせたのだった。

その日、ノエチが撮ってきた写真を見て、どれが裕子ちゃんなのか、奈津子はすぐにはわからなかった。それくらい裕子ちゃんとは会っていなかったのだけれど、久しぶりすぎて、だれが裕子ちゃんかわからなかったよ〜、と正直に伝えると、それ以来、荷物と一緒に写真も送ってくれるようになった。

「で、なっちゃんの朝は、どんな感じ?」

写真で顔を知っている裕子ちゃんが訊く。

「朝? NHKの朝ドラ見ながら、まずトマトジュースを飲むでしょ。それから千切り野菜のなます。その後、ご飯かパンだね。パンにはバター塗らないで、とろけるチーズをたっぷりのせて焼くの。ご飯のときはね、夜炊いた残りの、赤米と麦入りのご飯に、じゃこ、お醤油、梅干し、のり、おかか、むいてある枝豆、ゴマを混ぜて、一〇〇グラムずつのおにぎりにして冷凍してあるから、それをチンして、お味噌汁と、最近自分で漬けてるぬか漬けと、あれば、ゆで卵かな」

「なっちゃんのも、いいね。健康食」と裕子ちゃんが言った。

「うん、前は朝から菓子パン食べてたんだけどね。ジャムコッペとか、銀チョコとか。でも、朝から甘いパン食べると、なんかだるくなる気がして、それでやめたの」

「へえ。それで毎日、朝ドラも見てるんだ。すごいね、健康的。早起きになったんだね」

「えっと、昼の再放送だけど」

「あ、そっか」

電話の向こうの裕子ちゃんが笑った。

電話を切って、まず様子を見ると、ノエチは冷蔵庫から水出しの緑茶を取り出して、それを飲みながら熱心に雑誌を読んでいた。

奈津子はさっそくもらったお皿に、佐久間のおばちゃんのイチゴをのせた。

小皿にマヨネーズを出して七味をふりかけ、それと「将門煎餅」を、ノエチの前に運ぶ。

「これね、こうやって食べるとおいしいよ」

七味をかけたマヨネーズは、お煎餅用のディップだった。醬油味のシンプルなお煎餅に、つけて食べるのが絶品。

「ほら！　うまいって」

奈津子がお手本を示すと、

「お！　うまいね」

ノエチも真似して食べた。それから奈津子のほうを不思議そうに見た。

「なっちゃん、朝の菓子パンやめたんだ？　あんなに好きなのに」

裕子ちゃんとの会話が聞こえたのだろう。

「うっ」

奈津子は痛いところをつかれ、ちょっとひるんだ。正直なところ、ノエチに話すかどうか悩んでいた。「いや～、じつはね、こないだ受けた区の健康診断で、悪玉コレステロール値が去年より高いって警告されて、今、すごく気をつけてるところなんだよね」

「なんで隠してんの、そんなこと」

「まだ時機じゃないかと思って」

「悪玉コレステロールって、なに食べるとよくないんだっけ」

奈津子がじっと見ながら、ノエチは首をかしげた。

「加工肉とか、カップ麺とか、菓子パンとか、ケーキとか」

奈津子は答えた。「あと乳製品、チーズとかバターとか。それと卵、魚卵も。っていっても、程度の問題だとは思うんだけどね」

「全部なっちゃんの好きなもんじゃん。バター好きだもんね、魚卵も」

「魚卵は、やめないよ」

「っていうか今日だって、〈まつ〉のホットケーキ、二枚にたっぷりバターつけてなかった?」

「それは……5のつく日だから」

「お煎餅にマヨネーズはいいの？」

「その食べ方は、伝えたいし」

「あ、急にぬか漬けとかはじめたのって、もしかして、そのせい？」

「まあ、そうかも」

「ずっと家にいて、動かないのもいけないよね」

保育園からの友に注意をされ、奈津子はうなずいた。

「でも、ノエチも運動なんてしてないでしょ」

「私は、大学まで通勤してるから」

「そっか」

立ち上がって、仕事用のデスクまで歩き、血液検査の数値の記された紙を取って戻る。

「これ」

ノエチに渡して、数字を見てもらった。

「あ〜、たしかに、ちょっと高めなんだね」

「うん」

「でも、これくらいの年になると、みんなそうだって言うよね」

「うん……多いらしいけど」

それからもう一枚、奈津子は紙を渡した。

「こっちはなに？」

「私の見る走馬灯。もう死ぬのかもしれない、って思ったんで、自分が死ぬ前に、見そうなものを描いてみた」

「これって……食べものばっかり？」

「うん。今まで食べておいしかったものが、くるくる回りながら、私の目の前に浮かぶの。きっとそうなると思うんだ、死ぬとき。そのラインナップを描いてみた」

「これ、肉まん？」

奈津子の描いたイラストを、ノエチが指差した。

「紀文（きぶん）の、キーマカレーまん。個包装のやつ」

「あ〜、おいしいよね、あれ」

ノエチは半分呆れたふうに笑っている。悪玉コレステロールくらいで大袈裟な、と思っているのかもしれない。それでも奈津子がそういった不安に、極端に弱いことも知っているはずだった。

「これは？」

「大砂丘の、マスクメロン味」

「大砂丘？」

「食べたじゃん、ノエチも」

「そうだっけ」

「静岡のたこまんっていうお菓子屋さんの、クリームのはさまった、ブッセっていうのかな。こっちで言うと、ママンとかナボナみたいなやつ。それの期間限定のマスクメロン味を通販で買ったら、ことのほかおいしくて」

「あ！　食べた、食べた！」

思い出したノエチが言った。「精神的ストレスを緩和するＧＡＢＡ入り、みたいに書いてあったやつね」

「そう！　ノエチがいっつも仕事のストレス抱えてるから」

「すんません」

「でもおいしくて、あれから私、すっかり、たこまんファンだから」

「なるほどね。……これは？」

「弁松（べんまつ）の、濃ゆい味の煮物」

「これ」

「南国酒家（なんごくしゅか）の春巻」

「これは」

「焼きたらこ」

「どこの？」

「どこのでもいい……あと、やっぱり、ご飯もほしいなって」

湯気の立つご飯茶碗のイラストを自分で指差すと、

「それ、ただの好きなメニューじゃん」

ノエチが小さく鼻を鳴らして言った。

「いいの。この世を去るときに、それが浮かんだら幸せでしょ」

甘栗、海老フライ、村上開新堂（むらかみかいしんどう）のロシアケーキ……などなどのイラストも描いてある。

昔からの付き合いだからか、それともふたりの中身が年齢通りには成長しなかったからなのか、話している内容は、おそらく十代の頃とほとんど変わらない。

食の好みも、年を重ねて渋くなったというよりは、奈津子の場合、若い頃からそのままだった。

3

「なっちゃん！　数値を気にしてるんだったら、運動したらいいよ。付き合うから」

インドア派のノエチの珍しい提案で、外に出かけることにした。

まず郵便局で、奈津子が今日売れたお品物の発送をしてから、夏野菜の植わった畑を抜け、大きな道路を渡り、ノエチと遠い公園まで歩いた。

大人向けの、アスレチック器具が設置されている公園だった。

ボードの目盛りに合わせて足を開くフットストレッチや、鎖の吊り輪、その向こうに鉄棒がある。

もう花のないソメイヨシノの木の下で、小学生くらいの子たちが集まって、アリの生態を観察している。

三つ高さがある鉄棒の、一番低いのに奈津子は飛びついた。

どうにか鉄棒に摑まって、足を地面から離す。

「やばい！　これ、本当やばい！　自分の重さで、脇の下がちぎれる！」

十秒ほどで手を離して、べたっと地面に下りた。

ふう、びっくりした。

思わず肩で息をすると、

「なっちゃん、むかしは鉄棒に足引っかけて、ぐるぐる回転してたのにね」

ノエチが嬉しそうに言う。

「してた〜、今じゃ信じられない」

奈津子はもう一度、同じ高さの鉄棒に挑戦した。今度は少し頑張って、十二、三秒ほどで地面に下りた。

そんなに太ったつもりはなかったけれど、よほど筋肉が衰えたのだろう。

本当に脇の下が、ちぎれそうな痛さだった。

「ノエチもやってみなよ」

「え〜、やだよ」

「早く」

「やだって」

「なんで〜、付き合うって言ったじゃん」

「一緒に来たけど」

「本当にやばいから！　やってみて」

と促して、場所を譲る。ふだん仕事へ行くときの、かっちりした服装とは違う、「ソラちゃん」の絵がついた、大きなTシャツを着たノエチが、仕方なさそうに鉄棒の下に立った。

「私、嫌いなんだけど、鉄棒」

「知ってるよ、そんなの。ノエチ苦手だったじゃん、鉄棒も跳び箱も。ていうか体育」

昔を思い出して言う。どんなに勢いをつけているようでも、絶妙なタイミングでブレーキをかけて、直前でスピードを殺すのがノエチの運動だった。鉄棒は逆上がりができなかったし、跳び箱もよほど低い段しかとべなかった。

「だって、怖かったし。そこで頑張る意味もわかんなかったから」

得意なのは勉強、運動音痴だったノエチが鉄棒に摑まり、

「わっ」

と、声を上げて足を地面から浮かせると、さすが根っからの運動嫌い、わずか二秒でもう重力に負けた。

○本日の売り上げ
キン肉マン　東映まんがまつり　交通安全シール一〇〇〇円。
ピーポくんハンドタオル　亀有警察署　亀有交通安全協会（未使用）六〇〇円。

○本日のお買い物
〈まつ〉のホットケーキ（プレーン二枚重ね。5のつく日の特別価格）二〇〇円＋紅茶五〇〇円。

第二話

収穫びより

1

柿、梨、あんず、びわ、梅……。

団地の中には、実のなる木がたくさん植えられている。

多くは道沿いに並ぶ、そういった木のそばを歩くのが奈津子は好きだった。

昔はそれほどでもなかったのだけれど、一旦団地を離れ、戻ってからは、敷地内にそんな木々があることを、ずっと贅沢に感じられるようになった。

時季になると、それぞれ実が育ち、膨らみ、やがてきれいに色づきはじめる。

奈津子はよく足を止めて、そんな様子を眺めていた。

もちろん、年を重ねたせいもあるのだろう。子どもの頃は、空ちゃんがすぐに花や木に気を取られて、足を止め、一歩も動かなくなってしまうのを、早く、早く、とノエチとふたりでいつも急かしていた。

登下校のときも、どこかよそへ遊びに行ったときも。

「びわっ！　すごっ！」

三号棟の前で足を止めて、奈津子は枝から房のように下がる橙色の実を指差した。

今は、ちょうどびわの季節だった。

「わ、本当だ」

一緒に歩いて来たノエチが、まるではじめて知ったように、珍しそうにびわの木を見上げている。

団地内で、びわの木が植えられているのは、ここ、三号棟と、あとは五号棟の前だ。

その三号棟の四階まで、ノエチと一緒に階段をのぼった。

二階を過ぎて、三階が見えるあたりから、ふたり揃って息が荒くなる。ようやく四階へ着き、はっ、と息を整えてから、奈津子が呼び鈴を押した。

下の名前を告げると、用件を話すより早く、空ちゃんのお母さんがインターフォンを切ってドアを開けてくれる。

「おばちゃん！　ソラちゃんのエコバッグ、持ってきたよ～」

奈津子が明るく告げると、

「あら、わざわざありがとう。野枝ちゃんまで！　上がって、上がって」

と、空ちゃんのお母さんが手招きした。

ノエチのほうを振り返ると、うん、と前のめりにうなずいたので、なんとなく予定していた通り、少しお邪魔することにした。

久しぶりに部屋まで訪ねて来た奈津子とノエチのふたりを、早く、早く、と透明な空ちゃんがうしろから押しているような気がする。

奈津子は先月のインターネットオークションの売り上げで、「ソラちゃん」のエコバッグをもう一つ作った。

たまたま近くのスーパー、コゼキで空ちゃんのお母さんに会ったのがきっかけだった。

「あら、なっちゃん、かわいいバッグね」

そのとき奈津子の提げていたエコバッグを、空ちゃんのお母さんが褒めてくれたから、

「これ、オリジナルのキャラなんです。ソラちゃんっていう」

「空？」

「はい、空ちゃんをモデルに絵本を描こうと思ってて。そのキャラクターが、ソラちゃん」

漢字とカタカナの使い分けは伝わっていないないなと思いつつ、奈津子は説明した。「話はノエチが考えてくれるはずなんですけど、まだ」

「あら、空が絵本のモデルになるの？　素敵！　楽しみ！　できたら絶対読ませてね」

「もちろん！　完成したら、一番に持って行きますよ」

「その絵が、空ちゃん？」

小柄な空ちゃんのお母さんが、ぺらぺらの、軽い生地のエコバッグをあらためて見ると、

「いいわね〜、私もほしいわ〜」

と、目を細めた。

「もう一つ作れますよ」

「本当？」

「はい！　じゃあ作って、今度持って行きますね」

と奈津子は約束したのだった。

「お代は、いくら？」

氷を入れた加賀棒茶のグラスと、ご近所のケーキ屋さんが作っているアンズジャム入りのブッセを出してくれると、空ちゃんのお母さんは、まず忘れないうちに、といったふうに言った。

　奈津子が渡した新品のエコバッグを、さっそく広げて、いろんなポーズと表情の「ソラちゃん」を、指でなでるようにして楽しんでいる。

「大丈夫です。自分で作って、自分でポチッと買っただけですから。気にしないでください」

「でも、作るのにお金がかかるでしょ」

「それはまあ」

　オリジナルグッズの製作費に、もうけをプラスして定価を決める販売サイトだったけれど、奈津子は自分とノエチが買うためにしか使っていなかったから、一般の人にはページを公開せず、定価は製作費そのままに設定していた。今日持って来たぶんも同じ値つけで、エコバッグ一枚だから大した金額ではない。

「本当に、気にしないでください」

「ダメよ、そんなの」

「じゃあ……って言っちゃいけないか。おばちゃん、それ、私からプレゼントです、母の日の」

奈津子が調子よく言うと、

「……先月だよ、母の日」

ノエチが横でぼそっとつぶやいてから、

「おばちゃん、それ、なっちゃんと私から、母の日のプレゼント」

と、急に話に乗っかってきた。

「先月、あつ兄からもらったガラクタが、思ったより高く売れたの。ね、なっちゃん」

「そう、デコイが三体で一万円以上！　だから、それ、ただで作ったみたいなもんだから、もらってください」

デコイ？　あつし君？　と少し不思議そうにしながら、

「母の日なんて……」

早くに娘を亡くした空ちゃんのお母さんが、胸を詰まらせたようにしばらく言葉をためてから、

「ありがとう」と言った。

2

「デコイって、もともと囮の意味らしいですよ。あつ兄の奥さんの実家に飾ってあったのを、いろいろモノを減らすんで、いるならやるぞ、ってあつ兄からノエチに連絡があって」

木彫りのカモを三体、奈津子が譲り受けて、一体ずつ、ネットのオークションに出したのだった。

「きれいに磨いたんですよ、特にこの、くちばしが緑のやつ。可愛いから売れるんじゃないかな～、って期待した通り、七千円になって」

「まあ、すごい」

奈津子の差し出したスマホを見て、空ちゃんのお母さんは感心したように言った。

見せたのは、終了したオークションの画面だった。デコイ三体、合計で一万円を超えたのは本当で、その結果に気をよくした奈津子は、三件の発送を終えてからも、しばらくデコイについてあれこれ調べていた。

パソコンに入っている辞書〈広辞苑第七版〉によれば、〈狩猟で、おとりに用いる鳥の模型。置物としても用いる〉とのことらしい。

画像を検索すれば、いかにも木を削っただけ、というシンプルなものから、地味な色味ながら、よく磨き上げられているもの、くちばしや頭、羽にきれいな色の塗られているものなど、たくさんのデコイが見つかった。

あつ兄からもらったデコイは、どれもくちばしや羽に明るい色が施されていて、中でも奈津子が気に入ったのが、くちばしが緑の一体だった。

「こういうデコイを川だか池だかに置いて、仲間がいるように見せかけて、鳥が来たら狙い撃ちなんですよ、ひどくないですか？　アメリカンニューシネマの、ボニー&クライドみたい」

奈津子は、空ちゃんのお母さんにも説明した。

カモ猟を『俺たちに明日はない』のラストシーン、ウォーレン・ベイティとフェイ・ダナウェイが、待ち伏せしていた警官に銃撃される様子と重ね合わせたのは、完全に奈津子の趣味だった。

実際に、どんなふうに猟をするのかは知らなかったけれども。

「大谷翔平の飼ってるデコピンも、本当はデコイらしいですよ」

つづけてノエチが言う。

「あの可愛いわんちゃんの?」

空ちゃんのお母さんが聞き返した。そちらの話題のほうが、やはり食いつきはいいようだった。

「なんだか元の名前がデコイだったから、デコピンにしたって」

「へえ、そうなの」

WBCの大会を、ノエチが熱心に見ていたのは去年だっただろうか。つられて奈津子も見るようになり、最後はふたりで盛り上がった。

どちらも普段、野球を見るタイプではなかったけれど、大谷とかヌートバーとか村上とか、にわかに選手のことも知るようになった。特に大谷選手については、それからもいろんなメディアでニュースを見聞きすることが多い。犬を飼ったとか、結婚したとか、専属通訳が何十億円も使い込んでいたとか。

「デコイって犬種？　それとも、先にそういう名前がついてたの？　どっちかな」

デコピンの名前が、デコイから取られたというのは、奈津子も最近複数のネットニュースで読んで知ったのだけれど（しかも個人的なホットワードのデコイだったので、余計に反応した）、それ以上に詳しい説明は、どのニュース記事にも見つけられなかった。

ちょっとモヤモヤしていたので、この機会に確かめようとノエチに訊くと、

「さあ、どっちか」

その件については、ノエチも大して詳しいわけでもなさそうだった。

冷たい加賀棒茶をいただきながら、ご近所お菓子の素朴な味を楽しんで、空ちゃんの昔話と、絵本のキャラクター「ソラちゃん」についても話した。

エコバッグの絵を指差して、これは笑ってる、これは怒ってる、これはこわがってる？　と空ちゃんのお母さんが言う。

かわいいわねえ、とか、あらあら、泣かないで、とか。

「絵本のストーリーはまかせて、って言ったのに、待ってても全然書いてこないんですよ、ノエチ」

この前、スーパーで会ったときにも話したような不満を、奈津子が口にすると、

「野枝ちゃんは、空と同じ、のんびり屋さんなのね」

やさしいおばちゃんが、笑顔でかばった。

「そうですね……うん。私は空ちゃんタイプかな」

図々しいノエチが、また話に乗っかろうとしたので、

「違うって」

奈津子はぴしりと言った。「空ちゃんはね、本当にのんびりした、やさしい子なんだけど、ノエチは違うよね。だって……グズカリでしょ」

「グズカリ？」

空ちゃんのお母さんの疑問に、

「ノエチはグズなのに、カリカリしてるんです。だからグズカリ。これ、自分で言ったんですよ。二十年くらい前に。私、グズなのにカリカリしてない？　って。その場にいた全員が大笑いして、なんだ、わかってたのかって」

「謙遜して言ったんだけどね。あんなにウケるとはね」

ノエチが認めて、奈津子も空ちゃんのお母さんも笑った。


ご近所に出来た新しいお芋のスイーツ屋さんの話をして、じゃあ、そろそろお暇しようかとノエチと目を合わせると、

「そうそう！　なっちゃんたち、下のびわ見た？」

空ちゃんのお母さんが、胸の前で、パン、と手を鳴らした。

今、思い出してよかった、という仕草かもしれない。

「見ました！」

「今年はすごくできたわね、たくさん実がなってたでしょ」

「本当に」

「この棟、もうあんまり人が住んでないのよ、誰も採らないから、なっちゃんたち、採って帰りなさいよ。早くしないと、鳥に食べられちゃう」

と、空ちゃんのお母さんは言った。

そして奈津子たちが帰るとき、一緒に階段を下りて、外までついてきた。

「すごいでしょ。あんなに、たくさん」

びわの木を指差して、あらためて言う。「でもあの位置じゃあ、脚立がないと、ちょっと採れないわね」

「ありますよ、脚立！　取って来ます」

もはや団地の便利屋さんを自任してもいいかもしれない奈津子は即答して、

大急ぎで自宅へ帰った。

脚立と、ついでにプラスチックのバケツ、軍手と園芸用のハサミと、手提げつきのポリ袋を何枚か取って戻ると、たわわに実ったびわの木の下で、空ちゃんのお母さんと、ノエチが談笑している。

3

三号棟からの帰り道、いつもの共同菜園に佐久間のおばちゃんがいた。

足もとに置いたスーパーの袋いっぱいに、花のポットが入っている。

「植え替えですか?」

奈津子が訊くと、

「そうなのよ、またあそこに花が置いてあってね。いろいろ持って来ちゃった」

佐久間のおばちゃんは言った。

あそこ、というのは近くにある造園業の事務所のことで、何ヵ月かに一度、るのだ。

「ご自由にお持ちください」と貼り紙をして、軒先に草花をたくさん並べてい
一度、おばちゃんが業者を見かけて訊ねたところ、お得意さんの庭で定期的に植え替えがあって、その花なのだという。

くたびれてはいるけれど、まだ花は咲いているのに、ただ捨ててしまうのはもったいない。

なんだか忍びない気もする。

だから、ご近所の人たちに持って帰ってもらって、少しでも楽しんでもらえるならと、小さなポットに分けて並べている――そう聞いて、おばちゃんは感激し、さらに気兼ねなく持ち帰ることにしたという話だった。

奈津子がその話を聞いたのも、だいぶ前になる。確かに菜園にしては、空いた場所に花がいろいろ植えられていて、いつも楽しく眺めていた。

中にははじめて目にするような、珍しい花もある。

「なっちゃん、それは、びわ？」

佐久間のおばちゃんは、今気づいたふうに言った。

奈津子がプラスチックのバケツを提げて、ノエチは脚立を運んでいる。

「三号棟のですよ。今、ノエチと、空ちゃんちのお母さんと収穫したんです。すんごい採れたんで、みんなで山分けです。おばちゃんにもあげますね」

「あら。うれしいわ。やっぱり実のなる木がある棟の人は得よね」

「うちの棟の前も、梅があるじゃないですか」

「まあね」

いつもキレイに花を植えて、手入れをしてくれている佐久間のおばちゃんが言った。


「手伝いますよ、植え替え」

今日は園芸の日、とばかりに奈津子が申し出ると、

「わ、助かるわ〜」

と、佐久間のおばちゃんは喜んだ。

「私、トイレに行ってくる」

自宅ではなく、奈津子の家のほうを指差すノエチに、部屋のカギを渡すと、ついでに脚立を置いてから、また戻ると言う。スコップのありかを教えて、持って来てもらうことにした。

「このへんに植えようかしら」

「いいっすね」

まずは軍手だけはめ直して、おばちゃんの横でポットを渡す役目をする。しゃがんで土を掘りながら、佐久間のおばちゃんは、また鼻歌をうたっている。いつも作業中は、楽しそうだ。

「なんですか、その曲」

「あ〜これ？　これはシャンソン。十八歳の彼、って曲」

十八の、彼は〜、とおばちゃんが半分歌いながら歌詞を口にした。

「へえ、十八の彼って、若いっすね。初恋ですかね」

「ううん、年下の恋人の歌よ」

おばちゃんは言う。「年下の恋人に魅せられて、愛されて、翻弄されて、別れて、強がってる歌。コーちゃん、越路吹雪が歌ってたのよ」

「おばちゃんって、旦那さんは年下でした？」

「ううん、夫は三つ上だったし、その前の彼も一つ上。その前っていうより、どっちと結婚しようか、本当にぎりぎりまで迷ったんだけどね。私の思い出」

「二股じゃないっすか、それ」

「あら、そうね。そうだわ、私、今まで気づかなかった！」

佐久間のおばちゃんは楽しそうに笑うと、少し周囲を気にするように声をひそめた。

「今ね、ジャズシンガーに恋してるの、私。……その人が年下」

「ジャズシンガーって、誰ですか、有名な人？」

「下町のジャズクラブで歌ってる人なの。素敵な人。最初、お友だちに誘われて行ったんだけど、ライブはいつも女性ファンがいっぱい！」

「へえ〜」

奈津子は佐久間のおばちゃんの意外な趣味に感心した。「若いんですか、その人。まさか十八じゃないですよね」

「そんなわけないでしょ。いくつかな、彼。四十いくつか」

「でも、おばちゃんより二回り以上若いですね」

「そう！　若くて素敵なの。歌も本当に上手。で、私、言ったのよ。あなた、年上の女性はどう？　って」

「セクハラじゃないですか」

奈津子は思わず言った。「どこで言うんですか、そんなセリフ」

「歌い終わったあと、みんなのテーブルを回ってくれるのよ。でね、私、あなたがあんまり素敵だから、ストーカーになっちゃうかもしれないわ、って言ったのよ。そしたら彼、なんて言ったと思う？」

セクハラ云々には触れず、お気に入りのメロディのように、佐久間のおばちゃんはうっとりとつづけた。「こんな可愛いストーカーなら、大歓迎ですよって！　どう？　どう思う？」

「それは……ロマンス詐欺みたいなのじゃないんですかね」

とっくに戻って、横でうんうん話を聞いていたノエチが言った。

「ロマンス詐欺？」

「そのあと、その人と頻繁にメールやＬＩＮＥで、やり取りしてません？」

「してるわよ。いつもライブのお誘い、くれるから。こっちも、ちょこちょこお返事して、楽しくやり取りしてるわよ」

「あ〜、キケンですね。そういうやり取りでどんどん親しくなった気にさせて、恋人だとか婚約者だとか勘違いさせるんですよ。で、急にライブが中止になったとか、ＣＤを出すのに制作費がかかるとか、カーネギーホールにも出演した有名なピアニストにアレンジを頼みたいとか、いろんな理由でお金を要求されるんです。もしそうなったら、それ、騙されてますよ」

まったく夢のないノエチの言葉に、

「私、騙されてもいい」

と、佐久間のおばちゃんは言った。

ノエチとふたりで花の植え替えの手伝いをして、三号棟のびわをおすそ分けして、そろそろ帰ることにした。

「これ、トマト持ってってって！　この暑さで、ちょっとはじけちゃってるけど」

おばちゃんには、房なりのミニトマトを分けてもらう。

「こっちがルビーノで、こっちがトゥインクル。あぶない、忘れちゃうところだった」

佐久間のおばちゃんが言った。「やあね、どんどん物忘れがひどくなって。今思ってたのに、なんだっけ、なにかしなきゃいけないはず、って、もうそればっかり」

「そんなの、私もですよ。わざわざ目覚ましかけて起きたのに、朝ドラ見るの忘れるし」と奈津子。

「私、眼鏡がすぐになくなる」

ノエチが言った。「本当に何本もなくなるの。空ちゃんが隠してるのかもしれない」

「空ちゃんは、そんなことしない」

最近、なんでも空ちゃんのせいにしようとするノエチを、奈津子は素早くたしなめた。

そのやり取りを聞いていたおばちゃんが、はっ、と短く笑い、

「なんか、この年になると、誰かと誰かが仲いいってだけで、ちょっと泣きそうになるわね」

妙にしみじみと言う。それを聞いたノエチが、

「おばちゃん、やっぱりキケンですよ、ロマンス詐欺」

と、心配そうに注意した。「気をつけてくださいね」

「あと五年くらいしたら、引退した佐久間のおばちゃんに代わって、なっちゃんがあそこの菜園を管理してるんじゃないかな」

一緒に奈津子の部屋に向かいながら、ノエチが言った。

「おばちゃん、五年じゃやめないって」

「十年後」

「じゃあ、ふたりでやってんじゃない？　再来年くらいから」

「十年後も、おばちゃん、やってそう」

「いいよね、菜園。やっぱり自給自足は憧れるよ〜」

今日は、団地の中をふらり歩くうちに、びわとトマトを手に入れた。

奈津子は満足だった。

4

部屋に戻ってから、少し休憩して、今日の本来の仕事をはじめることにした。日曜日に世田谷区のＢＯＯＫフリマに出店する、その準備だった。

といっても去年につづいて二度目の出店で、だいたいの規模や様子、搬入方法はわかっている。

奈津子が絵を描いたお店の看板やポップは保管してあったし、そのとき売れ残ったままの本もあった。

デパートの、イベント会場でのＢＯＯＫフリマだった。

お客さんの層は、当初、奈津子が勝手に想像したよりはライトだったかもしれない。普段から古書店に入りびたって、レア本を買い漁っているタイプというよりは、お買い物ついでに、ちょっとイベントを覗いてみたといったお客さんが多い感じだった。

とはいえ、本好きでなければ、そういった会場まで足を運ばないだろう。せっかくなら掘り出し物を見つけてもらおうと、去年の売れ残った本とは、いくぶん傾向の違う、その場で売れそうな本を奈津子は選んだ。

好きで集めていた料理本や、インテリアのムックなんかだ。

そのぶんマニアックな漫画類は、少し減らすことにした。

出品物をあらためて拭いて、検分して、値つけをする。

レアなコミックスや雑誌はビニール袋に入れて、五〇〇〇円、一〇〇〇円、一五〇〇円と、ソラちゃんのイラストがついた値札を貼る。

それ以外は、一〇〇円均一とかにすればいいだろう。

「ねえ、なっちゃん。おつりも準備しとかないとね」

ノエチが気の利いたことみたいに言ったので、うん、と奈津子は答えた。もちろんフリマでモノを売るのだから、それを忘れるほどうっかりしてはいない。週末までに、銀行で両替を済ませるつもりだった。

「あ、もしかしてノエチ、一〇〇円玉いっぱい貯まってる?」

奈津子は思い出して訊いた。そのアピールだったのかもしれない。「まだやってる? 一日一〇〇円貯金」

「やってるよ」

一年半ほど前に、ベストセラー小説を原作にした夜ドラマを見ていて、感銘を受け、その登場人物の習慣をノエチが真似することにしたのだった。一日一〇〇円貯めれば月三千円、その三千円の使いかたで、人生は変わるものよ、といった話だった。

「じゃあ、だいぶ貯まったんじゃない?」

「貯まってるね。前、バレンタインになっちゃんにもらった、ポケモンのチョコの缶の中に入れてるんだけど、一〇〇円玉が貯まったら、お札に両替して、硬貨はまた横のケースに入れておいて、ずっと一〇〇円玉がなくならないようにしてるよ」

「ん？」

「両替して、一回外に出した硬貨で、また貯金してるの。つまり一〇〇円玉のリユース？　リサイクル？」

「わかんない。で、缶にはお札が入ってるの？」

「一〇〇円玉もたくさん入ってるけどね。お札も何万円かあるね」

「何万円？　すごいじゃん！　それはなんに使うの」

「なんに使うのかな。今のところはまだ決めてないから、月末とか、お金がきびしいときに、たまにちょっと借りたりしてる」

「え？」

奈津子は聞き返した。ずいぶん奇妙な話を聞いた気がした。「借りるって……それ、ノエチのお金じゃないの？」

「う〜ん。私のお金であって、私のお金じゃないのかな」

「なんだかわからない」

奈津子は首を振った。

「そこに入れたら、それはもう一〇〇円貯金だからね。勝手に手はつけられないってこと。借りるときも、ちゃんと借用書を入れてるからね。日付と金額を書いて。すぐにお金戻すし」

「そういう決まりにしたってことね」

「そう」

ノエチの説明に、ようやく奈津子は納得した。

「で、一〇〇円玉は用意できるの」

「できるよ。どれくらい、いる?」

「三千円分くらい、両替してもらおうかな」

「わかった、三千円ね」

と、ノエチが言った。

5

「忘れないうちに、小銭持って来たよ〜」

日清チキンラーメンのキャラクター、ひよこちゃんの絵がついた、円形のタッパーをノエチが持って来たのは土曜日だった。

いよいよBOOKフリマの前日だった。

奈津子は中をきっちり確かめてから、千円札を三枚渡した。

お札の両替は、銀行できっちり済ませてある。

「ノエチ知ってる？　ローソンの盛りすぎチャレンジ」

まず奈津子はスマホを見せた。ローソンは六月が創業記念の月らしく、いつも売っている食品メニューを、お値段そのままで、どかーんと増量するキャンペーンを実施している。

バスク風チーズケーキや牛肉入りカレーパン、プレミアムロールケーキなんかは、総重量四十七パーセント増量。

ハムサンドは、ハム四十七パーセント増量。

たまごサンドは、たまごサラダが四十七パーセント増量。

アイスコーヒーや一部のおにぎり、そしてからあげクンも増量。

その中で奈津子が惹かれたのは、「新宿中村屋監修カツカレー（カツ一個増量）」というメニューだった。

通常一枚のところ、カツが二枚のっている。そんなボリューミーなカツカレーの写真をノエチに見せて、

「これ、すごくない？　お値段そのままだって！　あとで、買いに行こうよ。ふたりで食べたらちょうどよくない？」

奈津子が提案すると、まず写真のインパクトに、おっ、と感心した様子のノ

エチだったけれど、

「なっちゃん、健康診断の結果を気にしてたのはどうしたの？　悪玉コレステロール値が高いんでしょ」

急に堅苦しいことを言う。

「え〜でも、最近、毎日粗食だし、来週からまた坊さん飯にするし……」

「あした、フリマのあと打ち上げするんじゃないの？」

奈津子は、うーん、と考え、ひとまずローソンの「盛りすぎチャレンジ」への参加を断念することにした。

「わかった、来週にする」

「それがいいよ」

「でも、ノエチ、なんでもあんまり思い詰めすぎると、つづかないよ？」

「なんで私がたしなめられてるの！」

さすがに理不尽に思ったのか、ノエチが鼻息を荒くした。「私がグズカリだったら、なっちゃん、デタラメだからね」

「違いますぅー、私は勝手神経質ですぅー」

奈津子が胸を張って主張すると、なにそれ、とノエチは笑った。


結局、そのまま買い物には出かけず、配信でクドカンのドラマを見ながら、BOOKフリマの準備をした。

冷凍便で取り寄せた静岡の「あまから団子」（みたらし団子の中にあんこが入っている）をおやつに食べ、急に思い出した昔の男の悪口なんかもちょいちょい話しつつ、明日の売り物を揃えて、運搬用の袋に詰める。

夕食は土鍋で五穀米を炊き、きゅうりと大根、みょうがのぬか漬けと、冷凍してあったサワラの西京漬けを焼いて食べた。

「朝はすぐ出られるように、今のうちに車に荷物積んでおこうよ」

配信のドラマは一度見始めると、なかなかやめられない。いつの間にか夜十一時になっていた。

「そだね」

「車のカギは」

「あ、持ってる」

ふたりで両手に荷物を提げて、団地内の駐車場まで歩いた。

いつもお世話になっている、ノエチのお父さんの軽自動車に荷物を積み込んで、布をかけ、また部屋の前に戻った。

「なっちゃん、もうお風呂入って寝るだけ？」

「う〜ん、あと、去年も売った紙物セットを作っておこうかな」

これまで集めた紙物、懐かしいキャラのついたメモ用紙やシール、漫画の一筆箋、昭和レトロな図柄の更紗折り紙なんかを少量ずつ詰めて、一セット一〇〇円で売ったのだった。

五セット作ったものがすぐに売り切れてしまい、今年はもう少し数を増やそうかと思っていた。一〇〇円の値つけも安すぎたかもしれない。

「根詰めないようにね。早く寝ないと、起きられなくなるよ」

と、ノエチがいきなり呪いの言葉を口にしたので、

「なんで」

と顔をまじまじ見ると、すぐにまずいと気づいたのだろう。

「起きられる。なっちゃんは、起きられるよ～」

と、下手くそな催眠術師のように言い、じゃあね、と手を振った。

ノエチが自分の棟へ向かう背中の無事をしばらく見送ってから、奈津子は部屋に入った。

急いでシャワーを浴びて、寝支度をし、それから最後の商品づくりをする。

今年は便せん二枚、封筒一枚の、レターセットも入れることにした。それで売値も二〇〇円にする。

絵柄がかぶらないように、うまく組み合わせる。

そんなことをしていると、あっという間に朝だった。

急いで布団に入ったが、もう眠れない。

あの呪いの言葉が耳にこだまする。

朝、一番にノエチに、

〈準備に今までかかったから、出かけるのは無理〉

と、LINEのメッセージを送った。

〈九時半に取りに来て。荷物渡すから〉

去年と同様、奈津子の古い友だち、本の虫で文学マニアで、実家の太い浅野君が、現地で搬入と販売を手伝ってくれる手はずになっている。

イベント会場への搬入は十時から。十時四十五分に運営からの挨拶があり、BOOKフリマの開始は午前十一時からだった。

ノエチがきっちり九時半に荷物を取りに来たので、根を詰めて作った紙物セットと、おつりを入れたコインケース、あとは飾りつけに使う薄紙や画用紙、サインペンを渡した。

じゃっ、とノエチが小声で言って手をあげたので、よろしく、と奈津子も小声で答えて手をあげた。

他に話はしなかった。

寝間着姿の奈津子は、よほど眠そうな顔をしていたのだろう。

午後、ちょっと目を覚ましてスマホを見ると、

〈中澤(なかざわ)さんが来てくれたよ～〉

人気イラストレーターの中澤さんが、わざわざＢＯＯＫフリマを覗いてくれたようで、さわやかな笑顔の写真を、ノエチが送って来ていた。

〈店主は準備で燃え尽きて、今日は不参加ですって伝えたら、中澤さん、心配してたよ。また今度遊びましょう、って。他のお店も回って、絵本をいっぱい買ってった〉

はーい、と簡単な返信をして、もう一度眠る。

次に起きると、時刻は五時を回り、ＢＯＯＫフリマは無事終わったようだった。

片づけをしている浅野君の写真が届いている。

〈少し売れた？〉

訊くと、

〈わりと売れた〉

ノエチから返事が来てホッとした。

〈紙物セットはどう？〉

〈十個か、十一個売れたよ〉

〈半分か。作りすぎたかな〉

根を詰めて、朝までに二十セット用意したのだった。

〈でも、去年も買ったっていう女の人が買ってくれたよ。今年もあった！ってすごく喜んでたから、袋に詰めた本人は、力尽きて欠席なんですって教えたら、作ってくれた人にありがとう、って伝言〉

〈あざーす〉

〈あと、小学生の女の子が、全部の袋をひっくり返して見てた〉

〈中身、全部違うからね〉

〈全部の表裏をチェックして、じーっと考えて、これください、って一つ買ってくれた。十歳くらいの子。なんか子どものときの、なっちゃんみたいだったよ、今もあんまり変わらないけど。面白かった〉

〈いるね、そのタイプは〉

自分のこだわりが、その女の子にしっかり届いた気がして、奈津子は嬉しかった。

〈このあと浅野君と一緒にご飯食べようと思うんだけど、どうする? なっちゃんも来るなら、車で一回団地に戻るけど〉

〈今日は目が回るから、やめとく〉

〈わかった〉

〈ごめんね~浅野君によくお礼しといて〉

〈は~い〉

奈津子の不安定さには、すっかり馴れっこでいてくれるノエチと、メッセージのやり取りを終えた。

浅野君とノエチへのお詫びに、なにか甘いモノでも買っておこうと奈津子はネットの通販サイトを探しはじめた。

〇本日の売り上げ
古書（十五冊）四七〇〇円。
紙物セット（二〇〇円×十一袋）二二〇〇円。

〇本日のお買い物
BOOKフリマ出店料一〇〇〇円。
どじょう掬いまんじゅう（ネット通販／十二個入り二一〇〇円×二）四二〇〇円。

第三話

ちょっと出ようよ

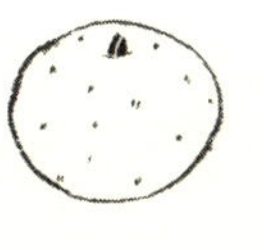

1

梅雨が明けて少し経った暑い日、奈津子はノエチの車で遠出をした。

遠出といっても、乗り物が苦手な奈津子にとっての話だから、道が混まなければ、三十分ほどで着くのだったけれども。

板橋のグリーンホールまで、プロレスを見に行く――。

「チケットがあるけど、行く？」

と、浅野君に誘われたのだ。

いいね、行く、と返事をしたときには、まだそこまでの気温でもなかったのに、梅雨が明けると、都内の暑さは過酷になった。

日中の最高気温が、三十五度近い日がつづいている。

やめたい、やっぱり出かけたくない、と日に何度も思いながら、結局、約束の中止を言い出さなかったのは、先月、浅野君にはBOOKフリマで迷惑をかけた負い目があったからだろう。

奈津子は店主なのに会場へは行かなかったし、打ち上げにも合流しなかった。お詫びのしるしに、ネットで見つけた銘菓「どじょう掬いまんじゅう」を取り寄せたけれど、それもまだ渡していない。

九十日とか一〇〇日とか、だいぶ日持ちのするお菓子とはいえ、そろそろ渡したほうがいいだろう。

同じく迷惑をかけたノエチには、とっくにお饅頭を渡して、奈津子の部屋で一緒に食べた。

仕事帰りのノエチが、いつも通り奈津子の部屋を訪れ、今日の泣き言を披露しながら、ぱくぱく晩ごはんを食べて、

「おいしい、なっちゃんのごはん最高！　また食べすぎた！　体が太くなる！」

　と勝手な文句を言いつつ、笑顔を取り戻し、トドのようにくつろぎ、ぐでーっとなにもしないのを横目に、奈津子がさっと食器を片づけ、静岡のいいお茶をいれ、

「はい、これ、ＢＯＯＫフリマのお礼」

　と、菓子折を渡して、その場で開けてもらったのだった。

　ひょっとこの顔のお饅頭だった。

　個包装されたビニールの包みの真ん中が透明で、まわりが水玉模様になっている。ちょうど口を尖らせたひょっとこが、豆絞りの手ぬぐいで、ほおかむりをしているように見える。

「可愛い！」

　と、ふたり同時に言った。

　通販サイトで見つけて、その可愛さに惹かれてすぐに購入を決めたから、味

に関しては不明だったけれど、さっそくノエチと食べてみると、なかなかいい。

小麦粉を焼いた皮で、白あんをくるんでいる。

奈津子の好みの味だった。

「なんかなつかしい味」

奈津子は小さくうなずき、感じたままを口にした。「少し、ひよ子っぽいのかな」

「それだ！　なっちゃん、さすが」

笑いながら、ノエチもうなずいている。

「バッチグー、グッチバー」

顔の横に作ったOKサインを、くるりと裏返している。

それは今、ふたりの間で流行っているギャグだった。

取り寄せた「どじょう掬いまんじゅう」は、全部白あんの箱だったけれど、同じひょっとこの皮の中身が、こしあんだったり、抹茶味だったり、ミルクチョコ、いちご、梨……いろんなフレーバーのものがあるようで、今度また注文してみようと思った。

「でも、梨って。薄甘そう」

奈津子が味のチョイスにひと言だけ疑問をさし挟むと、

「だって、鳥取の名産でしょ、二十世紀梨って」

一番好きな果物は柿、薄甘いものも好きなノエチが答えた。「どじょう掬いは島根だけど、山陰のくくりなんじゃないの？　このお菓子。包み紙に、山陰銘菓って書いてあったよ」

「本当だ。書いてあるね」

奈津子は確認して、納得した。「最初、ゲゲゲの鬼太郎のお菓子を探してて、境港のおみやげサイトで見つけたんだよ、これ。どじょう掬いまんじゅう」

「境港は、鳥取県ね」

「あ、はい、先生」

その日は静岡のお茶と、白あんの「どじょう掬いまんじゅう」をいただきながら、録画してあったＢＳの街歩き番組「ジョニ男のぶらぶら昭和。」を見た。

昭和の面影を求めて街歩きをするコメディアン、岩井ジョニ男の「オイルショック！」のポーズを、ノエチと一緒に真似する。

近ごろお気に入りの三十分番組だったけれど、この手の街歩き番組としては、極力モノを買わない、注文しない、といったところが特徴的だった。

「ジョニ男は本当になんにも買わないよね、なかなか食べないし」

ノエチが楽しそうに言う。

以前、原宿を訪れた際には、中華の名店「南国酒家」で、オーナーだったか支配人だったかの話を聞かせてもらいながら、料理をなにも注文しなかったから、奈津子もノエチも度肝を抜かれたのだった。

「番組の予算が少ないのかもよ」

「そうなんだろうね」

と結論づけたのだったが、

「梶原善なんて、あれ、本当に自腹でも買ってるよ」

同じく見ているBS他局の街歩き番組「ビルぶら！レトロ探訪」のナビゲー

ター、俳優の梶原善の買い物ぶりとも比較しないわけにはいかなかった。

その差は、大きかった。

そちらは歴史のあるビルを毎回訪ね歩くのだけれど、ビル内の店舗で、なにか気に入った品やサービスなんかを見かけると、まず番組として紹介する。そしてそれ以外にも、「俺、これ買うわ」と、梶原善がいかにも私物として購入していたし、取材したお店を後日、プライベートでまた訪ねたといった話もしていた。

梶原善のことは、むかし三谷幸喜の芝居やドラマをよく見ていたから、カジワラではなく「カジハラ」と発音することは知っていたけれど（呼び方をいちいち訂正するという小ネタがあったのだ）、彼が若い頃、服飾デザインの学校で勉強していたことや、美顔系の施術に興味津々で、積極的に体験したがるといったことは、その「ビルぶら！」を見ていてはじめて知った。

同様に、岩井ジョニ男についても、いつの間にか、ノエチとふたりで詳しくなっている。

タモさんの運転手だったとか（これは知っていた）、古着が好きだとか、意外にロックファンらしいとか。

番組を見なくなったら、また忘れてしまうのだろうか。

2

浅野君に誘われた「いたばしプロレス」は、地域に密着した街プロレスだった。

出場するレスラーのほとんどに、地元の商店街や町会、企業や店舗の公認・後援がつく。ムキムキに鍛えたレスラーたちにまじって、女子やうさぎのマスクを被ったマスクマン、お笑い系などもいて、なかなか楽しませてくれる。

イベントの終了後、試合を見に来ていた浅野君の妹夫婦に会場で挨拶をした。

夫妻は区内で内科クリニックを営んでいるらしい。

細身で華やかな妹さんには、もっと若い頃にべつのプロレス会場——後楽園ホールだったか――で会って紹介してもらったことがあるから、よほどプロレス好きなのだろう。

挨拶をしてその場で別れ、ゆるゆると建物を出るちょうど手前、

「一軒、行きたいお店があるんだけど、いいかな」

奈津子は、ノエチと浅野君におずおずと提案した。

乗り物が苦手な奈津子には、切実な希望だった。

このへんに来るのは人生二回目で、二年ぶりだった。

人生初だった前回も、同じメンバー、同じ用事で、そのときは、春先の穏やかな日で、奈津子の体調もよく、環状七号線も空いていたから、思ったより団地から遠くないように感じたのだった。

さらにはプロレス観戦のあとにアーケードの商店街を散策して、おいしい和菓子や掘り出し物の食器も見つけ、ずいぶん楽しく過ごしたから、今回、ほんの少しだけ、余裕のようなものはあったのかもしれない。

他にもいいお店はないだろうかと、熱心に下調べをしたのだ。

もし、この地に来るのが今日で最後になったとしても、あとあと「もったいなかった」とは思わないようにしたい。

お店は、グリーンホールとは線路を挟んで反対側にあった。

スマホの地図アプリで確かめると、徒歩で十三分かかるようだったけれど、なにしろ外は酷い暑さだ。

「歩いて行くの？」

と訊くノエチに、

「そういう距離じゃない」

奈津子は素早く首を振って答えた。

グリーンホールのそばに停めてあった車を出してもらい、奈津子の指示で、ぶじ線路を渡ると、うまい具合に、お店にほど近いコインパーキングに空きがあった。

こんな日に十分も十五分も歩いたら、暑さに弱く、へなちょこな奈津子では、おそらく団地には生きて帰れない。

お店の営業時間は五時までで、車を降りたのは三時過ぎだった。

そこからの日ざしがきつい。

「なんだろうね、今年の、この暑さ」

ノエチが言う。

「これははじまりだよ。もう、これ以下にはならないよ」

奈津子は首を横に振りながら言った。

「ピークじゃないの？　この暑さ」

ノエチがこわそうに訊く。「八月、九月はもっと暑い？」

「暑いね」

奈津子は断言した。「ピークじゃないよ、最悪の、地獄の地球温暖化のはじまりだよ」

「出た。なっちゃんの適当予言」

「本当だから。もう、これからは暖冬じゃなくて、冬はなくなるの。だから森林は伐採しちゃいけないの」

「暑いよね、本当に」

すぐ高温になりそうだから車内には置いておけないねと、奈津子のお詫びの品「どじょう掬いまんじゅう」の袋を提げた浅野君が、ひょうひょうと話に参加する。

彼が大学生で、出版社の原稿取りのアルバイトをしていた頃から知っているけれど、ちょっとはにかんだような話し方はなにも変わらない。押しの弱い性格もそのままに、五十歳近くになった。

「浅野君、その先を右ね」

路地を曲がると、すぐにPという喫茶店がある。

「ホットケーキは一時間かかるけど、それでもいい？」

お店のドアを開けると、店主らしい、細身の男性が早口で言った。白シャツに、紺系のエプロンをつけている。

「はい。大丈夫です」

先頭の奈津子が勝手に即答し、うしろのふたりが異を唱えなかったのでホッとした。

「ホットケーキ？」

と、ノエチがちょっとだけ怪訝そうにしている。

駐車場からお店まで、ほんの一、二分ほど歩いただけで、奈津子はもう外へ出る気にはなれなかった。

ふたりも同じ気持ちだったかもしれない。

「じゃあ、こちらどうぞ。ちょっと足もと狭いですけど。女性が奥のほうがいいかな」

奥さんらしい上品な女性が、入ってすぐのテーブルを手で示した。そちら側には、昔なつかしい、モニターがはまったゲームテーブルが三台並んでいる。

すぐにお水と、メニューが届いた。

二つ折りになった、分厚いカバーのついたメニューを開くと、左手に飲み物、右手に食べ物が、それぞれ十五種から二十種ほど並んでいる。

　奈津子はその右手、食べ物の一番下を指差し、

「私、これ！」

　と言った。

　そこには、「ホットケーキ　550」と記されている。

「なっちゃん、〈まつ〉が可哀想！」

　地元の駅前喫茶店を愛するノエチが素早く、小声で言った。

「〈まつ〉が……可哀想？」

「5のつく日に、いつも安く食べさせてもらってるでしょ。団地のそばに〈まつ〉があって本当によかった、〈まつ〉のない人生はもう考えられないねって、この前もふたりで歩きながら話したのに」

「でも、たまには違うお店のホットケーキも食べたいよ。このへんまで来るなんて、私の場合、滅多にないんだし。いろんなお店の味、食べられるときに食べてみたい！」

下調べによれば、なによりそこはホットケーキで有名なお店らしかった。

もしこの界隈に二度と来ることがなかったら。

やはり、ここでホットケーキを食べなかったら、奈津子はきっと後悔することになるだろう。

「ホットケーキ以外の食べ物なら、早いのかな」

メニューをちらちら見ている浅野君の問いかけに、

「さあ、どうかなあ」

と奈津子は首をかしげた。三つ並んだゲームテーブルの先が、ウッディな壁の広いスペースになっていて、そちらのテーブルは満席らしい。

ゲームテーブルの席には、奈津子たちしかいなかったけれど、真ん中の一台には、空いた食器がそのままになっている。

その様子から判断して、なにを頼んでも時間はかかりそうだった。

浅野君がカレーピラフを食べるというので、奈津子も急にしょっぱいものを食べたい欲がわいて来た。

ノエチと相談して、スパゲティのナポリタンを一つ頼んで、少し分けてもらうことにする。

それから冷たい飲み物と、

「私、ホットケーキ」

奈津子がにこやかに告げると、

「私も」

ノエチがすました顔で、すっ、と右手を上げた。

「食べるの？」

「もちろん」とノエチ。

〈まつ〉はもう可哀想じゃなくなったのだろう。

奈津子たちの目前がカウンターで、そこには、これから使うのだろう、きれいなお皿のタワーが並んでいた。

向こうで調理をしているのは、さっきからずっと手を動かしている店主ひとりで、奥さんが接客を担当している。

ようやく料理が上がったのか、あわただしく飲み物や食べ物を、広い席のほうへ運んで行く。

それから奥さんが戻って来て、ゲームテーブルの真ん中の一台に残っていたお皿を片づけていると、ドアが開き、若い男女が入って来た。

奈津子たちのときと同じ、

「ホットケーキ、一時間かかるけど」

の声に、

「は〜い。平気で〜す」

と、ひるまずに進み、一つ向こうのゲームテーブルに座った。

待つのは、この店のお約束なのかもしれない。

「一時間かかるってびびらせて、うまくあきらめてもらいたいんじゃないかな。お客さんいっぱいだから」

ノエチが小声で言う。

そんなものだろうか、と一旦、奈津子は納得しかけたけれど、そのあと食べ

終えて会計をするお客さんに対して、

「本当に、お待たせしちゃってごめんなさいね」

奥さんが丁寧に詫びている様子からすると、なにかを大袈裟に言っているわけでもなさそうだった。

若い男女の次に訪れたお客さんは、すみません、今、いっぱいなので、と入店を断られている。

それを聞くと、ほんの十分ほどだろうか、早く来てよかったとしか思えなかった。

3

店内は空調がしっかり効いているし、ノエチと浅野君と三人で話していれば、一時間くらいはあっという間だろう。

そう考えた奈津子たちのテーブルには、二十分……二十五分経っても、水のグラスだけが、ずっと置かれている。

もちろん一時間待つ、と最初に伝えたのだから、文句や不満を口にするつもりは一切なかったけれども。

「麻雀ゲームかな、これ」

そのかわりに、電源は入っていない様子のゲームテーブルを、昭和の終わり

から平成のはじめに十代を過ごしたふたりと、それよりほんの少し下の浅野君が、暇つぶしのようにじっくり観察していると、

「そう。それ、麻雀のゲーム、古いの」

七十代くらいだろうか、奥さんが軽やかに近寄って来て、教えてくれた。

「むかし、流行りましたよね」とノエチ。

「もう使えないんですか」

奈津子の質問には、

「電源入れて、一〇〇円入れても、すぐに切れちゃって」

と明るく言い、なにか考えているふうだった。

同じくゲームテーブルのことを気にしはじめた様子の、一つ向こうのテーブルの若い男女のほうへ行って、そちらの電源を入れた。

三台のうち、まだ現役に近いのかもしれない。

「これ。麻雀のゲームなの、一〇〇円でゲームができるのよ」

おそらくまだ二十歳(はたち)すぎといったふたりに説明し、奥さんがカウンターのほ

うへ戻って行く。

奈津子たちは、電源の入った向こうのゲームテーブルを眺め、

「へえ〜、まだ使えるの、あるんだ」

「なついね」

「むしろ新鮮」

などと語らう。その席の男女は、テーブルのモニターにうつったゲーム画面をしばらく不思議そうに見つめていた。

やがて男の子のほうが、ゲーム画面に人差し指で触れ、

「違うよ、それ、指でタッチするやつじゃないって！」

きゃはは、と女の子がずいぶん楽しそうに笑った。

「あ、そっか」

男の子が、えへへへっ、と照れ笑いをしている。

「こっちのボタンで動かすんだよ」

テーブルの下の方についた、操作パネルを女の子が示したけれど、若いふた

りは、べつに一〇〇円玉を入れてまで、古いゲームをする気はないようだった。

「やるよね、あれ」

小声で奈津子が言うと、

「やるね」

とノエチがうなずいた。

奈津子たちの世代でも、ふだん、スマホやタブレットを多く使っていると、久しぶりのパソコンの画面に、つい指で触れてしまう。

「違うって」

ノエチのノートパソコンのモニターに、よく人差し指を伸ばして、奈津子も笑われていた。

自分のデスクトップPCのモニターには、一度も触れようとはしなかったから、ふだん使わないノーパソが鬼門なのだろう。

もちろん、ゲームテーブルの仕組みがよくわからなかった彼の場合とは、全然違う話かもしれないけれども。

カン、ポン、チー、リーチ……。

ラストチャンス……。

操作パネルの四角いボタンの下に記された文字を、麻雀のできない奈津子が読んでいく。

それから十五分ほどのあいだに、二組が会計を済ませて出て行き、一組が入店し、一組が満席で断られた。

暑いから外で待たないでください、という配慮もあったようで、

「タイミングだね、本当に。来た時間がちょっと違ったら、私たちも入れなかったね」

あらためて自分たちの幸運を思い、奈津子は言った。

「本当に、お待たせしちゃってごめんなさいね」

会計のお客さんには、毎度、奥さんが丁寧に詫びている。

ただ、はじめに断っているせいか、やはり誰も文句は言わず、

「おいしかった〜」

「また来ます〜」

などなど、本当に明るく応じているのが印象的だった。

一時間待たせても、そんなふうに喜ばれる味なのだろうか。

ますますホットケーキが楽しみになった。


タイミングといえば、ＢＯＯＫフリマの前夜に行こうとして、結局、翌週に延ばすことにしたローソンの創業月記念キャンペーン「盛りすぎチャレンジ」は、ＢＯＯＫフリマの翌々日、火曜日までで終了していた。

仕事が早く終わったノエチと駅で待ち合わせて、ローソンに向かったのは水曜日で、つまりそのときには、キャンペーンの跡形もなかった。

スマホでさんざん写真を見て、

「これはすごい！　盛りすぎ！」

と感激していた増量の食品メニューは、もちろん一つもなかった。

奈津子の狙っていた「新宿中村屋監修カツカレー（カツ一個増量）」という夢のメニューもない。

代わりに見つけたのは、カツが増量されていない、通常通り、カツが一枚だけのった「新宿中村屋監修カツカレー」だった。

棚にあるその商品を、じっと見つめる奈津子に、

「どうする？　とりあえずそれ買って帰る？」

ノエチが訊いたけれど、

「いいよ、こんな半盛り」

盛りすぎチャレンジを楽しみにしていたぶん、奈津子はがっかりして言ったのだった。

「半盛りって」

ノエチが笑う。

「今はなにを見ても、半盛りとしか思えないから、ここで買うのはやめよう。なんだ、ローソン、半盛りチャレンジ中か」

店を出ても、まだそんな悪態をつく奈津子に、

「やめなよ、なっちゃん、大人げない」

「だってカツ一個増量、買ってみたかったのに。私がカツを一、二切れだけもらって、残りをノエチががつがつ食べるのを見たかったのに」

「がつがつって」

「あ〜残念。損した。やっぱりもっと早く来ればよかった」

「欲深いよね、人間。サービスなのに」

土曜日に行こうと提案した奈津子をやんわり止めたのは自分なのに、そこには触れずにノエチが笑っていた。


まずテーブルに届いたのは、ナポリタンとカレーピラフだった。

取り分け用にお皿を三枚もらったので、浅野君にもナポリタンを少し分ける。

奈津子も小皿にもらい、あとはノエチに食べてもらうことにした。

具は斜めにスライスしたソーセージ、マッシュルーム、たまねぎ、ピーマン。

パスタは中太で、ケチャップの焦げたいい香りがする。

「うんまい！」

奈津子が言い、ノエチも言った。

「おいしい」

浅野君だけは上品に言い、にこにこ笑っている。

少し焦げたケチャップの味がいい。具とパスタとソースの絡み具合が、王道の味わいだった。

浅野君のカレーピラフもおいしそうだ。カップのスープを飲みながら、黙々と食べている。奈津子がふとよそ見をしている間に、浅野君がピラフをすっかり平らげていたからびっくりした。

「早っ」

奈津子が言うと、浅野君が頬を赤くした。

ニコニコしながら、ずいぶんお腹を空かせていたのかもしれない。

食べ物のお皿が片づいてから、やっと飲み物が届いた。

どうして、いつまでもテーブルにはお水だけなのだろう、と奈津子は訝って
いたけれど、きっとホットケーキをメインに据えたコースなのだろう。

飲み物だけが何十分も早く届いたら、それはそれでタイミングが悪いと叱られるのかもしれない。

そして念願のホットケーキが届いたのは四時過ぎだった。

最初に言われた通り、掛け値なしの一時間待ちだったけれど、そんなことは忘れるくらい、分厚くて、美しいホットケーキだった。

大きなお皿の真ん中に、直径が小ぶり（十二センチほど）で、とにかく分厚いホットケーキが二枚重ねでのっている。

一枚の厚さが、三センチ以上あるだろうか。

一番上に四角く切ったバターがのり、シロップが格子状にかけられている。

「わおっ」

と興奮の声を上げると、奈津子は新しい取り分け皿に、自分のホットケーキを一枚移して、浅野君に勧めた。

「いいの？」

浅野君が言うので、

「食べて」

親戚のおばちゃんのように答えてから、バターを半分切って返してもらい、シロップはテーブルに届いたディスペンサーからたっぷりかけた。

「うんまい！」

と、今度は三人とも言った。

外がかりっとしていて、それから、さくっ。

中はちょうどよくもっちりしている。

この分厚いホットケーキの、中まできちんと火を通すのには、もちろん時間がかかるだろう。


「今日、日曜日だから、こんなに混んでるんですか」

早めに営業中の札をひっくり返して、少し落ち着いた様子の奥さんに奈津子が声をかけた。

「そう、日曜日だから」

「朝からずっとですか」

「うん、朝から」

「平日は、そんなでもない？」

「平日は平気よ」

「じゃあ、今度は平日に来ますね」

奈津子は、このホットケーキを食べるためなら、また遠出をして来てもいい気持ちになった。

もちろんノエチのお父さんの車で。ノエチの運転でなら。

「お店、はじめてから何年ですか」

「五十年！」

「ずっとホットケーキが人気なんですか？」

「ホットケーキはね、三十年！」

上品な奥さんが、ちょっと可愛らしく、笑顔で言った。

帰り支度が整ったので、奈津子はお会計をしてもらうことにした。

ゲームテーブルのすぐ脇が、レジになっている。

「本当に、お待たせしちゃってごめんなさいね」

伝票を受け取ると、あらためて奥さんが言う。

「いえいえ、とってもおいしかったです」

奈津子が心から応じて、テーブルできっちり割り勘済みの代金をまとめて払おうとすると、

「あ、これも」

横に立ったノエチが、レジ脇に置いてあったお店のキーホルダーと、五〇〇円玉を一枚寄越した。

「え、キーホルダー、買うの？」

直径五センチほどのプラスチックの円に、店名と、ホットケーキの絵がプリントされたキーホルダーだった。

台紙に五十周年の文字が見える。

「おいしかったから。記念に」

「記念って。〈まつ〉が可哀想じゃないの？」

「それは、〈まつ〉には持って行けないけどね」

持って行けないけれど、記念にしたいのか。

ノエチの不思議な趣味が、奈津子には少し可笑しかった。

いつも重いノエチのカバンには、そういった謎の感情が詰まっているのかもしれない。

「やっぱり今日、ここに来てよかった。もう無理かと思ったけど。暑くて」

お店を出ると、奈津子はしみじみと言った。「すごいな〜五十年とか、三十年とか」

「でもサクラっち、イラスト描き始めて、それくらいじゃないの」

古い付き合いの浅野君が、そのまま古い呼び方をする。苗字の桜井から取った愛称だった。

「五十年も描いてないよ」

「三十年のほう」

「そっちね」

　確かに短大を出て、バイトをしながらぼちぼちとイラストの仕事をはじめてから、今年で三十年くらい。

「そうだけど、もう十年くらい、あんまり仕事で描いてないからね」

「なんでも、長くつづくのは大変。偉いよ」

　ノエチが言う。

　誰が誰を褒めているのか、まったくわからない話をしながら、少しも気温の下がる気配のない道を、ノエチと浅野君と歩く。

　せっかくだから、このあともう一軒、車で線路の向こう側に戻って、アーケードの商店街の、古い金物店を覗きたいと奈津子は思っていた。

○本日の売り上げ
なし

○本日のお買い物
コインパーキング代（割り勘）四〇〇円。
喫茶代（ナポリタン六五〇円÷二＋アイスレモンティ四〇〇円＋ホットケーキ五五〇円）
一二七五円。
ガソリン代（カンパ）一〇〇〇円。

第四話

思い出の食器たち

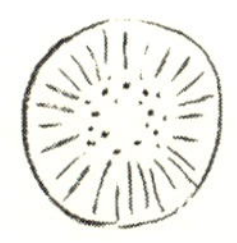
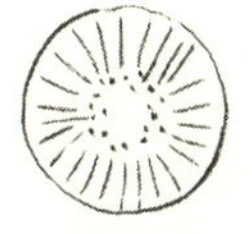

1

第一回の「台湾映画祭」を、八月の初旬に奈津子の家で開催する。

夏休みだけれど、その日はちょうど出かける用があるというノエチが、用はお昼で終わるし、高田馬場で台湾のサンドイッチと、鶏肉の唐揚げ、ジーパイでも買って来るから一緒に食べようよと、ずいぶん楽しげなことを口にしたから、だったらその日に『牯嶺街（クーリンチェ）少年殺人事件』を見ようよ、と奈津子が提案したのだ。

エドワード・ヤン監督が、一九六〇年代に台湾で起こった実際の事件をもとに撮ったという映画『牯嶺街少年殺人事件』は、ノーカット版で四時間近くある。

いつだったかBSで放送したのを奈津子は録画したのだったが、普段、なかなか気軽には見始められない長さだったので、HDDの録画済みのラインナップに、ずっと残っていた。

最近お気に入りの番組「ジョニ男のぶらぶら昭和。」や、梶原善の「ビルぶら！レトロ探訪」をノエチと見ては消し、見ては消ししている間に、何度そのタイトルを目にしただろう。

できればそろそろ鑑賞したいと思っていた。

「四時間か〜。サンドイッチとジーパイじゃ、足りないかも」

食いしんぼうのノエチが言い、

「だったら、台湾ぽいもの、なにか作るから、それまでにアジア食材のお店に行って、いろいろ買って来ようよ」

だったら、だったら、と奈津子が希望を重ねるうち、その日が第一回「台湾映画祭」となったわけだけれど、つまりは台湾ゆかりのものを食べながら、長い台湾映画を一本観ようという話だった。

　奈津子のお日当てのアジア食材店までは、団地から、自転車でたぶん十五分くらいで行ける。

　二年ほど前に開店して、そのときにタウン誌の記事か広告（または記事みたいな広告）を見たのだった。そのうち行ってみよう、と思ううちに、あっという間に日が経ってしまった。

　オンラインショップも併設しているようだったけれど、できれば一度、実店舗を覗いてみたい。

　奈津子はスマホで、この先一週間の気温を調べ、ちょうど第一回「台湾映画祭」の前日の気温なら、暑さに弱い自分でも、どうにか出かけられそうだと当たりをつけた。

「この日なら行けそう。でも無理だったら、やめる。ノエチ、予定は」

「う〜んと、その日は、家で一日バイトかな、在宅ワーク」

「じゃあ、ノエチ、内職、ってカレンダーに書いておくね。でも、行けたら行くよ」

以後、毎日のようにアジア食材店のオンラインショップで商品をチェックしながら、その日を迎えた。

ちょうど雨上がりの日だった。

外に出た途端、涼しい。

行ける、と直感したので、奈津子はスマホで連絡を取るのももどかしく、家までノエチを呼びに行くと、

「今から？　いいよ」

在宅ワークと言っていたわりに、すぐに用意をして出てきたので、そのままふたりで出かけることにした。

「おっ。仲よしたち、ふたりで買い物か？　俺も一緒に行こっか、車で」

本気なのか冗談なのか、おじさんの陽気な声かけには、

「いいから」

いつもの反抗期のような冷たさで、ノエチが断りを入れた。

「なっちゃん、いつもお漬物ありがとうね！　よく漬かってるわ」

「みょうが、おいしいよ！」

相変わらず夫婦仲のいいノエチの両親に、

「ノエチ借りますね～」

と告げ、激しくセミが鳴く中、団地を出て、アジア食材店を目指して自転車を漕ぐ。

台湾だけでなく、韓国、中国、香港、タイ、ベトナム、マレーシア、インドネシア、フィリピン、シンガポール、ミャンマー、インド、スリランカなど、アジア各国、各地の食品を扱うお店が、団地から、自転車で十五分くらいのところにある。

ビルの一階にある、広くてきれいなお店だった。

冷蔵や冷凍品のケースは奥にあるようで、手前には常温で保存ができるもの、インスタントやレトルトの食品、調味料、缶詰、お菓子なんかが陳列され、棚いっぱいに並んでいる。

毎日のようにオンラインショップを覗いていたから、すっかり買うものは決まっているのに、以前に韓国ドラマで見かけたお菓子なんかがあれば、

「あ、これ！」

と、吸い寄せられてしまう。「買えるんだ、ここで」

「なっちゃん、今日は台湾しばりだよ」

「わかってる。でも……。あ、フォーがこんなにあるよ」

「ディーン・フジオカって、フォーにうるさいんだよね」

「そうそう！　それ、テレビで見たよ……うわ、こっちは刀削麵がいっぱい！」

各国、各地のレトルトカレーやインスタント麵、スープなど、普段、日本のスーパーでは見かけないような品に、結局、ふたりとも目を奪われっぱなしになった。

そうやって店内を歩きながら、奈津子は買おうと決めてきたものを探す。

台湾の干し豆腐だった。

日本の高野豆腐みたいな四角ではなくて、細くて、麵のようになっている。探すとそれは、冷凍コーナーにあった。

中国製と台湾製があったので、間違えずに台湾のものを選んでカゴに入れる。

それから冷蔵ケースの中に、気になっていた「水蓮菜」を見つけた。

これはオンラインショップで目立っていた品で、緑色の茎のようなものが、ロープのようにぐるぐる巻きになっている。

「これって、どういうものなんですか」

お店の人に訊ねると、台湾の水草で、オイスターソース炒めや、しゃぶしゃぶに入れてもおいしいということだった。

オンラインショップでは、今、とにかく売れているらしい。人気ナンバーワンとか、ツーとか。

「そんなですか」

ミーハーな気持ちがわいて、それも買い求めることにした。

これで奈津子のほうは、第一回「台湾映画祭」に向けての準備は万端だった。

2

「なっちゃん、これ、売れるかしら」

佐久間のおばちゃんが、奈津子の部屋を訪れたのは第一回「台湾映画祭」の当日だった。「あら？　今からお出かけ？」

「いえ、全然」

奈津子は首を横に振った。「出かけませんよ」

「だって、そんな、よそ行きの格好して」

「そうですか？」

白い開襟シャツに、だぼっとしたベージュのパンツ姿だった。「いつも通りですけど」

「うそ。いつもはもっとパジャマみたいなの着てるじゃない」

「パジャマは寝るときしか着ませんよ。おばちゃんが見てるのは部屋着か、外出着です」

「あら、そう。じゃあ、ごめんなさい……でね、これなんだけど」

おばちゃんは、提げてきた大きなケーキ屋さんの紙袋を開いた。中に、しっかりした箱が入っている。「昔、いただいたケーキ台なんだけど。一回も使ってないの」

「おばちゃんの、ですか」

「そう。親戚の披露宴の引き出物だったかしら。ずっと取ってあったけど、もう使うことないじゃない。誰か、ほしい人がいたら、使ってもらいたいなって思って。売ってくれる？」

「いいですよ」

奈津子が簡単に応じると、

「よかった」

おばちゃんは、ホッとしたようだった。「もし売れるんだったら、値段なんか、いくらでもいいから」

「はい、了解です」

奈津子はうなずいた。「中身、すぐ確認したほうがいいですか」

「ううん、全然。私もよく見ないで持って来たもの」

「いやいやいや、じゃあ一回、箱開けてみましょう」

できればしばらく寝かせておいて、のんびり出品前に確認したいタイプの奈津子のほうが慌てた。佐久間のおばちゃんと一緒に、箱の中身を確認する。

確かに未使用っぽい、ケーキスタンドが入っていた。ちゃんとビニールに包まれ、商品説明のカードが添えられている。

「じゃあ、おばちゃんのだってわかるようにしておきますね」

「はい、よろしくお願いします」

お焚き上げにでも来たように佐久間のおばちゃんが手を合わせ、頭を下げたので、奈津子はくすっと笑った。

預かった紙袋を、玄関脇の和室に置く。

「たくさんあるのね」

荷物置き場にしている和室を見て、佐久間のおばちゃんは言った。

「そうなんですよ、この前も母親が帰ったときに、いい加減、ここ、片づけなさいって」

「あらあら、叱られたの？　由実ちゃんに」

「はい、だから一日に一個は出品するって心に決めてるんですけど、なかなか追いつかなくて」

なんだか言い訳じみた口調になったついでに、一応、決まりごとの説明もしておく。「もし売れたら、売り上げから出品手数料と送料を引いて、それを半分ずつにしますね」

「儲けを折半ってことね」

「そうです」

奈津子はうなずいた。インターネットのオークション自体は、まだイラストの仕事が順調だった頃から利用している。たぶんもう二十年以上になるだろう。当時から知り合いや友人に、「売って」と頼まれたものは、儲けを折半の約束で預かっていた。

マニア気質の人が多い業界だったから、なかなかレアで価値の高いものがさらっと持ち込まれたし、なんでこんなものをためてた？　と笑いたくなるような、あまり本人に結びつかないような駄コレクションもあった。

その売り上げが意外に多かったので、北海道の水産業者のサイトで秋鮭を一本買い、みんなで食べきる会を奈津子が催して、一時期恒例になった。

三年ほど、つづけただろうか。ご飯を炊き、ひたすら切り身を焼き、ご飯と一緒に食べ、味に飽きたら味噌と野菜とあわせて鮭のちゃんちゃん焼きにし、最後は焼いた切り身をほぐして、鮭チャーハンにして、大勢で一日がかりで食べきったりしていた。

「おばちゃん、ちょっと上がって、お茶でも飲んでって。もうすぐノエチも来ますよ。今日、台湾映画祭をするんです」

まだ話したそうなおばちゃんを誘い、景徳鎮（けいとくちん）の茶碗に凍頂烏龍茶をいれて飲んだ。その景徳鎮は、奈津子がまだ飛行機に乗れた二十歳のとき、はじめての香港旅行で買い求めたものだった。

一客は白地に緑で龍が描かれ、もう一客は水色の地に赤い蝶と黄色の花が描かれている。おばちゃんには蝶と花の茶碗を出し、奈津子は龍の茶碗を使った。

「ねえねえ、なっちゃん、あなた、今、どこぐらいまでだったら車で行けるの？」

佐久間のおばちゃんが訊く。

「え～。キツいときは新宿でも無理ですよ」

「町屋は？　町屋に行きましょうよ、今度」

「町屋……って何区ですか」

「荒川区」

「荒川区か～。行ったことのないあたりは、余計苦手だから、無理かもです。

町屋でなにかあるんですか」

「ジャズクラブで歌うの、また」

先日聞いた年下のジャズ歌手のことらしい。

「ん〜、ちょっと難しいです」

小さく首を振って断ると、おばちゃんは少し残念そうにしていたけれど、すぐに今度は、結婚の直前まで付き合っていたという元恋人の話になった。

大手の建設会社に勤めていた、エリート社員だったらしい。

「え〜、もったいないじゃないですか」

と言うくらいの愛想は奈津子にもあったけれど、それが五十年前の恋の話に火をつけてしまったのだろうか。そこからの個人情報の羅列に、奈津子はゆるくうなずくばかりになった。

「ねえ、なっちゃん、悪いんだけど、ちょっと調べてくれない？　ほら、インターネットで。私、メールくらいしかできないのよ、調べるとかは全然」

「なにを調べるんですか」

「だから、彼のこと」

「彼って、別れた彼ですか」

「もちろん」

と、佐久間のおばちゃんは言った。「今、なにをしてるか知りたいわ」

「知ってどうするんですか！　おばちゃん、二股かけて捨てたんですよね」

奈津子が思わず正論をぶつけていると、ちょうどいいタイミングでノエチが到着したようだった。

ドアチャイムが鳴り、

「は〜い、カギ開いてるよ〜」

と返事をすると、それが聞こえたのかどうか、すぐに手荷物をふたつ提げたノエチが入って来た。

「あら、野枝ちゃん、お帰りなさい」

佐久間のおばちゃんが、妙にかっこよく、片手を上げて言った。

「ただいま〜、って、うちじゃないですけど」とノエチ。

「外で会っても言うじゃない、お帰りなさいって。つまり……それって、団地にお帰りなさい?」

首を傾げて言うおばちゃんに、

「ただいま、おばちゃん」

ノエチが笑顔で応じた。

「ねえ、おばちゃんが、元彼のこと調べてほしいんだって。どう思う?」

「元彼って?」

不思議そうに奈津子に訊いたノエチに、

「D坂建設に勤めていた人なのよ、会長とかになってなければ、もうとっくに定年退職してるはずだけどね」

ぐい、と割り込むように、佐久間のおばちゃんが答えた。「キノシタユキヤさん、ツリーの木に、下は、アンダーね。スノーの雪に、一〇〇円ナリの也。わかる?」

「え、私が調べるんですか。まじで」

ノエチが慌てたように言い、それよりもまずお土産、とばかりに、奈津子のほうへ、手提げバッグを二つ差し出した。

「こっちが温かいので、こっちが冷たいの」

ソラちゃんの絵がついたエコバッグに温かいジーパイ、キウイブラザーズの絵がついた保冷バッグにサンドイッチが入っているようだった。

奈津子はまず、保冷バッグの中身をテーブルに出した。

洪瑞珍（ホンレイゼン）のサンドイッチだった。前にも一度、ノエチが買って来たのを食べたことがある。ミミを落としたやわらかいパンに、ジャムやハム、タマゴなんかが薄くはさまっている。三角のパン四枚が一セットだけれど、パンの間には、すべて具かジャムが挟まっていて、四枚を剝がさずに食べるスタイルだった。食べやすく、日持ちがいいので、台湾では「国民的サンドイッチ」となっているらしい。

「ありましたよ、キノシタユキヤさん、D坂建設、なんかプロジェクトに参加してました。二〇〇四年」

「あら、見せて！　ありがとう、野枝ちゃん」

恋する乙女の顔になったおばちゃんが、ノエチにスマホを見せてもらってい
る。

「文字だけ？」

「はい」

「写真はないの？」

「写真は、ないですね」

ノエチの言葉を聞くと、おばちゃんは少し酸っぱいものを食べたような顔に
なった。

「おばちゃん。見て。これ、台湾のサンドイッチ」

いつものおばちゃんに戻ってもらおうと、奈津子は声をかけて説明した。

「全部くっついてるんですよ、これ。パン、ジャム、パン、ハム、パン……み
たいに重ねてあって」

「へえ、そういうサンドイッチなのね。可愛らしい」

佐久間のおばちゃんは、ふっ、と息をはいてから、ようやく落ち着いたように言い、

「じゃあ、私はそろそろ帰るわね。映画見るんでしょ、これから。お茶、ごちそうさま」

と立ち上がった。

恋バナができなくて、途端につまらなくなったのかもしれない。

「ひとつ、持って行きますか、サンドイッチ」

奈津子が勧めると、

「え、いいの?」

おばちゃんは、これには嬉しそうに言った。

食いしんぼうなノエチが買って来たので、幸い、三角のサンドイッチが三つある。

「えっと、これがブルーベリーとチーズ。こっちが、ハムと玉子とマヨネーズ」

中身の説明は、買って来たノエチがした。「で、これが〈満漢(マンハン)〉で、ハムと

チーズと玉子とマヨネーズです」

「じゃあ、これいただくわ。マンハン？」

「はい、満漢全席の満漢でマンハンです。どうぞ！」

四種の具が入った〈満漢〉は、いかにもノエチが食べたくて買った欲張りメニューっぽかったけれど、しょっぱい系はもう一つあるし、さすがにそんなことで文句は言わないだろう。

「鶏の唐揚げもありますよ」

ジーパイは、洪瑞珍のはす向かいにできたお店のものらしい。おばちゃんに勧めると、

「いい、いい、そんなに」

佐久間のおばちゃんは、顔の前で手を振った。「サンドイッチで十分。ありがとう」

「袋いりますか？」

「いらない、いらない」

佐久間のおばちゃんは、サンドイッチをひとつ手に持った。

「あ、これも」

おやつに用意してあった、個包装のお菓子もいくつか手渡すと、おばちゃんは、いよいよ獲物をかかえたリスのようになった。

「やっぱり、これ、使ってください」

小さなポリ袋を一つ渡して、それに入れてもらった。

奈津子が玄関まで送り、

「じゃあ、ケーキスタンド、売れたら連絡しますね」

預かった品のことをあらためて話すと、

「……それは？　売っちゃうの？」

荷物部屋にぽつんと置いてある人形を、佐久間のおばちゃんが指差した。

「素敵なお人形じゃない」

リヤドロの、体の前で麦わら帽子を持つ少女の人形だった。磁器製で高さは三十センチくらいある。

「いりますか？　いるなら、どうぞ持ってってください」

「いいの？　お部屋に飾りたいわ」

「いいですよ、まだ出品してないし」

奈津子はそこまで言うと、

「ねえ、ノエチ、おばちゃんがリヤドロほしいって」

と声をかけた。

「リヤドロ？」

ノエチが玄関のほうまで歩いて来た。「ああ、アニキの奥さんちのね」

ふだんは愛称で呼んでいるはずだけれど、ちょっとよそよそしい言い方をした。「どうぞ、なっちゃんがよければ。アニキ、なっちゃんにくれたんだし」

「いいですよ、どうぞ」

「じゃあ、遠慮なく」

そのままリヤドロ人形をつかんで行きそうな佐久間のおばちゃんに、

「おばちゃん、これ使って」

おばちゃん本人がケーキスタンドを入れてきた紙袋を、急いで空けて渡した。つややかでロマンチックな表情のリヤドロ人形を紙袋に入れ、それからサンドイッチとお菓子の入った白いポリ袋も入れると、

「私、なんだか儲かっちゃったわ」

佐久間のおばちゃんは、ずいぶん嬉しそうに言った。


解凍しておいた「干し豆腐」をお湯で五分茹で、ザルに空ける。

水気をよく絞ってから、ごま油で炒め、みりんと台湾醬油をかけて、さらに炒めて取り出しておく。

もう一度、鍋にごま油を入れて、細切りの豚肉に片栗粉をまぶしたものを炒め、またみりんと醬油で味をつけてから取り出すと、今度は鍋にごま油と、丸のまま潰したニンニク、鷹の爪を入れる。

ニンニクと鷹の爪の香りが、ちりちり、ちりちりと立ち上ったあたりで、豆腐と細切りの豚肉を鍋に戻して、オイスターソースを加え、刻みネギを散らせ

ば一品完成だった。一気に炒めてしまう方法もあったけれど、いちいち食材別に炒めるのは、奈津子のこだわりだった。

「はい！　細切り豚肉と干し豆腐の炒め」

「おいしそ〜」

「あと、水蓮菜も炒めちゃうね」

ぐるぐるに巻かれていた「水蓮菜」は、伸ばすと一メートル以上はありそうだった。それを五センチ幅に切って、こちらは刻んだニンニクとごま油を熱し、白いシメジのホワイティ、赤ピーマンと一緒に炒める。

食感はしゃきしゃきしているとのことだったので、味つけは、空心菜のニンニク炒めのレシピと同じにした。

回しかけるタレは、水が大さじ一、酒が大さじ一、鶏ガラスープの素が小さじ二分の一、塩が小さじ四分の一。

簡単！

「できたよ〜」

食卓に運んで、さっそく『牯嶺街少年殺人事件』を再生し、「いただきます」を言った。

お茶は四季春茶をいれてある。香り高い、爽やかなウーロン茶だった。

「わ、おいしい、これ。肉と、豆腐だ」

細切り豚肉と干し豆腐の炒めを食べたノエチが、そのままのことを言う。

「それ、前に食べたの覚えてる?」

「ん? 日本橋の台湾料理屋さんでしょ。コレドの向かいの」

「そ! 正解」

以前、奈津子の長く応援する俳優、大沢健さんの舞台を日本橋まで見に行き、もちろん運転手を務めてくれたノエチと食事をしたのだった。

「干し豆腐うまい」

奈津子も、自分で納得した。お店で食べた味を再現したいというよりは、まずは干し豆腐という素材を一度料理してみたかったのだけれど、なかなかいい。はじめて食べる水蓮菜も、しゃきしゃきでおいしかった。空心菜に似ているけれど、細くて、ちょっとした酸味が感じられる。

『牯嶺街少年殺人事件』は、静かに始まっていた。

教育熱心そうな父親が、自分の息子が中学校の夜間部になったのはおかしくないか、採点に間違いがあるのではないかと、関係者のもとを訪れて抗議している。

大戦後、大陸から台湾に渡って来た一家だった。

彼らは、日本家屋に暮らしている。

押し入れの中で寝る少年「小四（シャオスー）」が可愛い。基本、無口でおとなしいけれど、思春期らしく突発的なところがあり、何を考えているのかわからない。中学生の彼が主役だった。

「前に見たときも思ったけど、この子って、〈健ちゃん〉にちょっと似てるよね」

ノエチに言われ、奈津子はなるほどと思った。

〈健ちゃん〉というのは、奈津子が長く応援している大沢健さんの愛称だった。

もう三十何年、奈津子がそう呼ぶので、ノエチもそう呼んでいる。中には〈健くん〉〈健さん〉と呼ぶファンもいたけれど、奈津子とノエチは〈健ちゃん〉派だった。

「そうだね、若い頃のね」

奈津子は答えた。「ぶっとびー」と宮沢りえが叫ぶドラマに出ていた時の、同級生の「蘭丸」役が好きで、そこからずっと応援していた。乗り物が苦手なのに、大阪の近鉄劇場まで『検察側の証人』を見に行ったし、彼が大手のプロダクションに所属していた時代は、週ごとに更新されるスケジュールのテープをいつも電話で聞いていた。『世界ウルルン滞在記』の収録にも観覧者として、ノエチとふたりで参加している。

少しの波はあったけれど、奈津子が十代後半からずっと応援している「推し」の俳優だった。

追っかけの場で知り合った応援仲間の三人（きよみさん、くにちゃん、いさおさん）とは、今もＬＩＮＥグループ〈健くんに乾杯☆〉でつながっていて、常に最新情報を交換している。

次の舞台は、九月にある朗読劇『女中たち』だ。

「ノエチは、これ、二回目？　この映画見るの」

タイトルに相応しく、少年たちの暴力シーンも少なくないのに、なぜかゆったりと進む映画の心地よさは、主演の子が可愛いからだろうか。そう思いながら奈津子が訊くと、

「うん。二回目かな」

とノエチは答えた。「なっちゃんは？」

「たぶん、私は三回目」

「エヴァ……」

「違う！」

「この内気そうな小四が、女の子を殺すんだよね」

「え～、殺さないよ」

「嘘、殺すよ」

おかしい、なにか記憶が違うと思いながら、ジーパイを分け、甘いサンドイッチを食べる。

「かき氷おいしそう」

画面に映ったものに、ノエチがすぐに反応する。

「アイスあるよ、ハーゲンダッツ、あとで食べようよ」

「うん、いいね」

言いながら、ノエチが奈津子を見た。「ねえ、なっちゃん、今日のその格好って、もしかして、小四の真似？」

「え、これ？」

奈津子は白い開襟シャツに、ベージュの太いパンツをはいていた。

小四が通う、建国中学夜間部の制服は上下カーキ色だけれど、ときどき白の開襟シャツに、短パンをはいたシーンもある。

「そうだよ。小四コス」

本当はたまたまだったけれど、それもいいなと思いながら奈津子は答えた。

3

浅野君とプロレスを見に行った日、アーケードの商店街に、お目当ての金物店はなかった。

二年ぶりに訪れたので、お店の場所はうろ覚えだったけれど、ここかな、というあたりには、シャッターの下りた古い建物があるだけだった。

「ここって、今日、お休みですか」

シャッターの前に、ちょうど自転車を停めた若い女性に訊くと、

「やってないみたいですよ。いつも閉まってます」

と親切に教えてくれた。

惜しい。せっかくここまで来たからには、またビンテージのお宝を探したかったのに。

「残念、もっと仕入れたかった」

奈津子は心のうちを正直に明かして、

「なっちゃん、それ、転売ヤー」

ノエチにたしなめられた。

「やめて、そういう言い方。目利きって言って。古い食器、いっぱいあったのに」

「まだ、あったのかな。あのときってワゴンセールかなにかだっけ」

「違う違う。あっちの奥の棚にあったの」

なにも記憶していないノエチにびっくりしながら、奈津子は下りたシャッターの右手を指差した。

そこにあった金物店の、ワンタッチ傘やウエットティッシュなんかが店頭に並べられたその奥の棚で、二年前、奈津子は可愛いカップとソーサーを見つけたのだった。

赤やピンクの大きめの花、葉つきの青や黄色の花が、規則的に並べられた枠の中に、きれいに、色鮮やかに配置されている。そういう柄の食器だった。

とにかくカラフルでポップ。

そのカップとお皿のセットを、奈津子はひと目で気に入ってしまった。

ただ、値札がついていなかった。

お店の年季にふさわしく、仕入れてからだいぶ日の経ったものかもしれない。

ビニールの包みが埃をかぶっている。

お店のおじさんに値段を聞こうとすると、真ん中のレジスペースで、ちょうど先客が合鍵を作っているところだった。

若い男女の客だった。どちらかが越して来たのか。付き合い始めなのか。一緒に住んでいるのか。

奈津子は一旦奥へ戻り、もう一度カップ&ソーサーを眺め、やはりほしいと、一客、手に取った。

店内には他にも、琺瑯の鍋やヤカン、花柄の電気ポットなど、とにかく仕入れ時期がよくわからないようなものが多く並んでいる。

ザルや、食器の水切りカゴ、水道用のホースなんかに混じって、庭箒と、持ち手の長い、三つ手のちりとりが置いてある。昔、学校にあったような、金属製のちりとりだった。

「いくらですか、これ」

先客が支払いまで終えたのを見計らって、奈津子がカップとソーサーをレジ台に置くと、

「ん……七〇〇円」

ほんのちょっと間をおいて、おじさんが答えた。

「七〇〇円?」

「そう。七〇〇円」

それが定価なのか、値引きした特価なのか、適当なのかは知らないけれど、予想よりもだいぶ安い。昔に仕入れたものだから、その日の気分で売ってし

まってもいいのかもしれない。

「じゃあ、もう一セット、持って来ます」

「はい、どうぞ」

おじさんが大きくうなずくのを見て、奈津子は一客をレジに置き、また奥の棚へ向かった。

同じセットが全部で四客あったから、値段によっては、もう一客くらい買おうと思っていた。

レジで二客ぶん、一四〇〇円を払い、これはいい買い物をしたと奈津子はほくほくになった。

使い勝手がよければ、ノエチとお揃いで使ってもいいなと、その日は買って帰ったのだった。

その日、買った二客のカップ&ソーサーのうち、今、奈津子の手元にあるのは一客だけだった。

まず自分用に一客おろしてみると、とても具合のよい、上品でしっかりしたカップとソーサーだった。

そこに明るい花、子供でも描きそうな単純化された花の絵が、ぺたんぺたんと配置されているのが、可愛らしくて、珍しい。

「いい買い物した〜」

紅茶を飲みながら、何度も声に出してしまうくらい、奈津子は気に入っていた。

いつでも自分の、気に入った食器を使いたい。

そんな人生を夢見ていた。

お皿の裏にある銘を見ると、Noritake Ivory China と書いてある。

「ね、ね、これ。ノリタケだよね」

ノエチが来たときに確認を求めると、

「うん。ノリタケって書いてあるね」

とノエチも言った。「ノリタケ、アイボリーチャイナだって。高いんじゃないの？　調べた？」

「まだ」

さっそくその名前で画像検索すると、ちょうど同じ柄のカップ＆ソーサーが、ネットオークションで取引されたばかりだった。

落札価格は、二客セットで一万円だった。

「これ！」

と、そのページをノエチに見せる。

「わ、すごい。なっちゃん、いくらで買ったんだっけ」

「一客七〇〇円。二客で一四〇〇円」

「すごい！　得したじゃん、もっと買えばよかったね」

「どうする、まだ開けてないほう売ってみる？」

ほんの少しの後ろめたさとともにノエチと顔を見合わせてから、もう一客の写真をきれいに撮り、

〈昭和レトロ　ノリタケ　カップ＆ソーサー〉

としてメルカリに出品した。

「種類……カップ&ソーサー
素材……陶磁器

白宅保存のお品物です。
ノリタケ　Noritake
アイボリー・チャイナ　Ivory China
カップ&ソーサー

納戸にありました。
使っていません。
未使用品です。

カラフルな絵柄の花模様が素敵な、カップとソーサーのセットです。
箱はありません。
お皿の裏側に元々、汚れが2ヵ所あります。
拭いて変になったら嫌なので、そのままでの出品とさせて頂きます。
画像で良くご確認ください。

○カップ
直径8・5センチくらいです。
高さ5・7センチくらい。
○お皿
直径15センチくらい。
高さ2センチくらい。

とても綺麗なのでティータイムが楽しくなりそうです。

お使いになりたい方、どうぞよろしくお願い致します。

ゆうパケットプラスでの発送となります。m(_ _)m

#ヴィンテージ #食器 #陶磁器」

板橋区の商店街で、奈津子が一客七〇〇円で買ったノリタケのカップ&ソーサーは、一客四五〇〇円（送料込み）でメルカリに出してみると、すぐに売れた。

「いやあ、目利きだね、なっちゃんは」

ノエチが感心したように言った。「でも、納戸って？　ここの物置部屋のこと？　それともお店の、奥の棚のこと？」

「両方だよ！」

奈津子はきっぱりと答えた。「そんなことより、あのときノエチ、そんな奥のほうの棚まで見なくていいよ～、そんなことしてたら、今日はもう帰れなくなっちゃうよ～って意地悪言ったよね」

「言ったっけ」

「言った。あんな心ない言葉に惑わされないで、自分を信じてよかった。私、自分を褒めてあげたい」

「すまぬ」

ノエチがしっかりと詫びたので、一緒にその売り上げで、ハンバーグを食べに行った。

団地のすぐ近くにある、マッシュポテトののったハンバーグが絶品のお店だった。ずっとお気に入りのお店だけれど、最近はあまり足を運んでいない。

手元に残った自分用の一客を使うと、奈津子はそんな体験と一緒に、二年前に入ったあの金物店のごちゃごちゃした佇まいや、あの日、合鍵を作っていた若い男女のことなんかもときどき思い出す。

きっとこれからは、お店がもうないことも思い出すのだろう。

4

『牯嶺街少年殺人事件』は、静かな映画だった。

すぐに服のボタンが取れて、安全ピンで留めている妹。洋裁好きで、おしゃれな姉。少年グループの仲間、リトル・プレスリー。中学校のとなりにある映画のスタジオ……。

そして小四がついに大きな事件を起こす。

「ここ覚えてないって、なっちゃん、すごいよね」

「ん〜あったっけ、こういうところ」

「あったでしょ」

「あるね」

奈津子はうなずき、スマホをいじった。

「すごい！　小四の子、チャン・チェン、『ブエノスアイレス』に出てるよ！」

「どの役？」

「ほら、トニー・レオンが乗り換える相手」

「え、そうなんだ」

「見ようよ、見ようよ、これの次に、『ブエノスアイレス』」

「いいね」

そこからは、第一回「台湾映画祭」あらため、恒例の「アジア映画祭」、または第一回「チャン・チェン映画祭」になった。

次の開演は十五分後。

お手洗いを済ませ、空いたお皿を片づけ、立ったまままちょっと体操をする。

「アイス食べようか、ハーゲンダッツのクリスピーサンドがあったから」

「うん、食べる」

ノエチが手をあげたので、奈津子は台所へ向かった。

ただ、あると思った冷凍庫に、アイスは入っていなかった。

あったのは、箱に入った小分けの「冷凍とろろ」のパックだった。

手ぶらで戻ってノエチに伝えると、だははっ、と可笑しな笑い方をした。だははっ、ともう一度。

「あ〜くだらない。なっちゃん、さすが」

「口が完全にハーゲンダッツだったのに。とろろかよ！」

結局、アイスは食べずに『ブエノスアイレス』を見る。

「ねえ。なんだろう、なんで香港のゲイカップルが、アルゼンチンで痴話げんかしてる映画を、私、何度でも見られるんだろう」

奈津子の心からの疑問に、

「さあねえ、普遍性があるんじゃない？」

学者のノエチが答えた。「あと、なっちゃんが腐女子だから。それとやっぱり、レスリー・チャンだね。いいね、レスリーは。『アニタ』が見たいから、一ヵ月だけＤｉｓｎｅｙ＋に入ろうよ。私も半額払うよ」

『アニタ』は香港の歌姫で女優、アニタ・ムイの生涯を描いた伝記映画だった。そのディレクターズカット版が、全五話でＤｉｓｎｅｙ＋で配信されている。早くに亡くなったアニタは、レスリー・チャンの親友でもあった。


佐久間のおばちゃんから預かったケーキスタンドは、淡い花柄の、可愛らしいものだった。

なるべくなら早く売ってあげようと、きれいに写真を撮り、メルカリに出品すると三日で売れた。

「子供の頃、このシリーズを使ってて、このケーキスタンドでよくケーキを食べてたんです。また使いたいなって、探していました。こんな古いものを、〈新品！〉で買えるなんて！　嬉しいです。大事に使わせてもらいます」

購入者は、品物が届く前から喜んでいる。

思わず奈津子も嬉しくなるメッセージだった。

この謎の仕事、楽しい。
やっぱり好きかもしれない。
ひとまず購入者とはメッセージのやり取りをして、早くおばちゃんに「売れた」と教えてあげようと、キウイブラザーズの保冷バッグを手に、団地の中をふらり歩いたけれど会わなかったので、そのまま奈津子は、近くのスーパー、コゼキまでアイスの買い出しに行った。

〇本日の売り上げ
ナルミボーンチャイナのケーキスタンド　四〇〇〇円（佐久間のおばちゃんと折半）。

〇本日のお買い物
ハーゲンダッツのクリスピーサンド（ザ・リッチキャラメル二個＋豊潤いちご二個／大特価一九九円×四）七九六円。
ガリガリ君ソーダ（七本入り一箱／大特価）一九四円。

第五話

いる？　いらない？
わからない

1

「なっちゃん、大変、アニキが来てる」

ノエチから緊急の連絡が入ったのは、日曜日の朝十時だった。

「逃げて！」

と、今にも叫びそうな勢いだったけれど、奈津子は完全にその電話で起こされたし、あわてて寝間着で外へ飛び出すよりは、少し待ってもらって、着がえたほうがまし。

「……わかった。行ってみるよ」

奈津子はようやく返事をして、ノエチといっしょに出かけることにした。

というのも、その三日ばかり前、

「ちまちま荷物送ってんの面倒だし、いつまでも片づけが進まないから、一回、ふたりで多摩川まで来て、どかっ、といるもの選んでくれないかって、アニキから連絡が来てるんだけど」

ノエチを通じて打診があり、

「多摩川のそばなんだっけ、ふみちゃんの実家」

「そう。京王多摩川のほう。ここから車で三十分くらいかな。行けなくはないと思うけど」

「う〜ん、どうしようか」

と迷い、奈津子は返事を保留していたのだった。

近頃、あつ兄からよく荷物が届くのは、毎週、その奥さんの実家へ片づけに行っているからだった。

義理のお父さんが八年前に亡くなり、それからひとりで暮らしていた義理のお母さんが、一昨年の春に他界してからは、広い一軒家に誰も住んでいないらしい。

家の中をぼちぼち片づけながら、今後の活用法を考えているという話だった。

「お屋敷だけど、義理のお父さんとお母さんが、とにかく物をため込む人だったらしくて、蔵が大変なことになってたって」

「蔵って」

「あと、納戸も」

「納戸かあ」

「もらったデコイとか食器とかを売って、なっちゃんとふたりでおいしいもの食べてるよ、って教えたから、アニキもせっせと送ってくれてるみたいだけど」

「支援物資ね」

「そう。換金しないと、ガラクタなんだけどね」

「あつ兄くらいの間柄だったら、全然遠慮しないで、直接、食料を送ってくれてもいいよね。あと、現金でも」

「食料や現金をくれないのは、アニキなりのポリシーなんじゃないかな。元ヤンのポリシーなのか、経営者の、なのかは知らないけど」

「でも、助かります」

奈津子が少し中を膨らませるように手を合わせると、ノエチも同じように手を合わせた。

「これ、なんて言うんだっけ、タイの」

自分でやったくせに奈津子が訊くと、

「コップンカーって、手を合わせるやつでしょ？　ワイ、かな」

ノエチが教えてくれる。

「さすが詳しいね、タイのBL見てるだけあって」

「なっちゃんちで見てるんだけどね」

そんな話をするうちに、あつ兄への返事はすっかり忘れてしまった。

支度を終えた奈津子が出て行くと、ノエチがちょうど向こうから歩いて来るところだった。

「なんか、あつ兄が自分の車に乗ってけって言ってるんだけど。デカいし、帰りも荷物運んでやるからって」

「え～っ」

「無理だよ、なっちゃんは、私の運転じゃなきゃ、って言ったんだけど、はあ？　前に何回も乗っただろ、って、言うこと聞かなくて。どうする？　逃げる？」

「あつ兄の運転か」

たしかに昔、まだ乗り物が今ほど苦手ではなかった頃、ノエチとふたり、あちこち送ってもらった記憶がある。阿佐ヶ谷だとか、高円寺だとか、吉祥寺だとか。あつ兄がまだ二十歳そこそこで、はじめて車を買った頃だった。

ローンの返済がすごく先まであるとか、おかしな自慢をしていたけれど、運転自体は、わりと慎重で上手だった。

だからあまり悪い印象はない。

「じゃあ乗ってみるよ。そのかわり、もし途中でダメだったら、私だけ置いて行ってね」

「そんなあ」

と、ノエチが困った顔をした。

「ううん、本当に。ノエチだけ行って荷物選んできてよ、それで私を拾って帰ればいいでしょ。どこかで時間つぶしてるから」

「まじか」

「まじ、まじ」

それでいいやと思うと、だいぶ気楽になった。

「まだ寝てたんだろ」

なんだか広い車の後部座席にふたりで乗り込むと、運転席からあつ兄が言った。

ちらっとこっちを見てから、

「ま、日曜日か。うちのナルが、奈津子みたいな仕事したいって言いだしたんだけど、どう。やっぱり自由か」

と訊く。

ナルというのはあつ兄の子どものうち、一人だけ年の離れた末娘だった。まだ十八とか、十九のはずだった。長男と次男は、もう三十代で結婚もしている。

「仕事って、ネットオークションのこと？」

「イラストのほうだよ。まだ描いてるんだろ」

「うん、描いてるけど。今はあんまり依頼がないね」

「そっか。べつにのんびりやるのもいいだろ、がっつく年でもないんだから」

久しぶりのあつ兄は、相変わらず愛想がないけれど親切だった。

年齢を重ねて、車の運転も、なお慎重になっているかもしれない。

奈津子がトイレ休憩を求めると、すぐに街道沿いの大きなセブンイレブンに停めてくれた。お手洗いを済ませたあとも、奈津子が出発してもいいと言うまで、急かさずに待ってくれている。

絶対そうするようにと、ノエチにきつく言われたからかもしれないけれども。

「でも、大丈夫そうだな。べつに。行けそうじゃん」

あつ兄が軽く言うのも、

「そういうこと言わない！」

ノエチが代わりに叱ってくれてありがたかった。

結局、奈津子が休憩を願い出たのはその一度だけで、さほど気分が悪くなることもなく、競輪場にほど近い、住宅地にある広い一軒家に到着した。

道路を挟んだ向こうは、もう多摩川だった。

2

黒い鉄柵をリモートで開けて、あつ兄が前庭に車を停めた。

ばっさりと枝の落とされた、幹の太い木が一本立っている。

車を降りた奈津子とノエチがその木を見ていると、

「これ、ケヤキ。すんごい枝振りで、落葉の時期はなかなか大変だったんだよ。お義母（かあ）さんが元気なときは、毎日、ご近所に散らばった葉っぱまで、せっせと掃き集めてたんだけどさ、だんだん難しくなってね」

あつ兄が説明してくれた。「でも、ふみ子が来て掃除してたんだよ、両親の好きな木だからって。だけど、もういいだろうって話になってな。優先順位の問題」

あ、はい、と奈津子とノエチはうなずいた。

べつに責める目で見たつもりはなかったけれど、きっとふたりで、よほど険しい顔でもしていたのだろう。

家に入ると、中はずいぶんがらんとしていた。

待合室みたいな玄関から、奥まで廊下が長くつづいている。

一族で形見分けを済ませ、義母の三回忌の法要も済ませて、あとは実家じまいをするばかりという話だったけれど、奥のリビングへ進めば、テーブルや椅子はそのままだったし、テレビもある。

小さく書き込みのあるカレンダーは明らかに古い年のものだったけれど、エアコンはつくようだったし、まだ十分に生活はできそうだった。

「今日はここだな」

リビングの大きな物入れを、あつ兄が開けた。

引き戸になった、天井まである物入れだった。三段に分かれて、まだ物がたっぷり詰まっている。

木の踏み台をキッチンから持って来ると、あつ兄がまず一番上の棚のものをすべて下ろした。

それから、中を確かめて行く。

いるもの、いらないもの、保留するもの。

そうやって時間をかけて、少しずつこの家の人とお別れをしているのかもしれない。

奈津子とノエチも新しい軍手をはめて、その手伝いをした。

「どう、これ」

薄い箱に入った木彫りのお盆や、お銚子ととっくり。小皿のセット。銀の果物カゴなんかを奈津子に勧めてくる。

「いや〜どうだろう、その手のものは結構、団地でも預かるんだよね」

「でも、ここのはだいぶ高いやつだぞ。ずっと放置してあるけど」

「そうなんだろうね〜」

ただ、きれいに磨いて出品する手間も考えると、なかなかそれを預かるとは言い出せない。

「売れなかったら、処分しちゃっていいからさ。どう？　こっちとセットで」

あつ兄にもう一押しされると、ちょっと弱い。

「ほしい人にあげてもいい？」

「そりゃ大歓迎だよ」

「わかった。じゃあ、もらいます」

ほとんど押し切られるかたちで、奈津子預かりの品が、徐々に積み上げられて行った。

リビングの物入れにあるものは、ほとんどが食器類だった。

この前から何度も送ってもらっていたデコイやリヤドロの人形なんかの装飾品は、玄関を入ってすぐ左手、立派なシャンデリアのある洋間に飾ってあったものらしい。

「あっちはあっちで、絵がまだいっぱいあるんだよ、箱に入ったやつが」

あつ兄がちらっとこちらを見たので、奈津子は慌てて目をそらした。

「美術全集みたいのもあるけど、いらない？」

「いらない。それ、重くて大変」

「そっか、もったいないな」

二段目の荷物もすべて下ろし、中を確かめ終わったころ、あつ兄の奥さんが、にぎり寿司の折を手土産に訪れた。

「ごめんね、うちの片づけなんて、手伝ってもらっちゃって」

「いえいえ。なんかお宝いっぱいもらっちゃって」

ノエチとふたりで愛想よく応じ、リビングの円卓でお寿司を一緒に食べてから、

「アニキ、ちょっとこのへん散歩してきていい？」

ノエチが言うと、

「お、いいぞ。休んでくれ」

あつ兄が答えた。

「鬼太郎の妖怪焼き、買って来たわよ。持って行く?」

と、ふみちゃんに訊かれ、ゲゲゲの鬼太郎好きな奈津子はうなずいた。

キャラクターの姿をかたどった大判焼きを、ノエチとひとつずつもらう。奈津子は、中身があんこと白玉の「鬼太郎さん」(と呼んで、ふみちゃんに笑われた)を、ノエチは中がお好み焼きになった「ぬりかべ」を選んだ。

「え、いいの、お寿司のあとなのに。お好み焼きで」

奈津子が驚いて訊くと、

「平気」

とノエチは答えた。

玄関まであつ兄が追いかけてきて、

「これ、持ってきな」

と、ペットボトルのお茶を一本ずつくれる。

そのおやつを手に、多摩川のほうへ歩いた。

「なっちゃん、なっちゃん。あんなになんでも引き受けなくていいから。アニキだって、もしいるんだったら何個でも持ってけ、って言ってるだけで、本当に全部預かったら、団地のなっちゃんの部屋には、入りきらないよ」

「そうだよね。あの広い家で持て余してるんだもんね」

奈津子も冷静になった。「でも、私が断ったら、あとは廃棄処分なのかって思って」

「大丈夫、このあとにまだリサイクル業者が入るから」

「そっか。そうなんだ」

「とにかく、なっちゃんがそんなに最後の砦になることないから」

はーい、と答えると、すぐに多摩川の土手についた。

遊歩道から土手を下りて、川べりまで歩き、そのそばを散歩した。

川の水がきらきらと光り、ときおりなにか生きものが動くのが見える。

すぐそこの鉄道橋を、京王線の電車が走って行く。

「なんかねえ、もう今となっては本当のことだったか、自分がそういう夢を見ただけなのかもわからないんだけどね。私さ、あつ兄に一回、仕事の相談したことがあるんだよね」

「なっちゃんが、アニキに？　いつ？　いくつくらいのとき」

ノエチが不思議そうに訊く。

「二十代の半ばだよね、きっと。なんかすんごい大きな仕事が来て、張り切りすぎちゃったら、私、テンパっちゃって、なにをどう描いていいのかわかんなくなって、一日だけ、連絡取れなくして逃げたんだよね。そんで団地にこっそり帰ったら、もう出て行ったはずなのに、あつ兄にばったり会って」

「私じゃなくて！」

「そう。ノエチに会いたかったのに」

奈津子は笑った。「で、ノエチの代わりにあつ兄に相談してみたの。大きな仕事で自信がないって。冗談ぽくなんだけど。そしたらあつ兄がきびしい顔で黙って聞いてて、ずっと黙って聞いてて、最後にひとことだけ言ったんだよね。今頑張らなくて、いつ頑張るんだ！　って」

「熱い、アニキ、それは熱いよ」

「でしょ。そんで車に乗せられて、デニーズだったかで、パンケーキごちそうになって、家まで送り返されたの。近くまででいいって言うのに、ダメだ、家まで送るって、本当に当時住んでた家のまん前まで」

「アニキっぽいね」

とノエチは楽しそうに言った。「応援してたから、アニキ、なっちゃんのイラストのこと。すげーすげーって」

「そっか、そうだったんだ」

と奈津子は答えた。


「荷物、増やしておいたぞ」

奥さんの実家に戻ると、あつ兄がにやりと笑って言った。

「ダメダメダメ、なっちゃんちは、もういっぱい」

ノエチがすでに運び込まれた先を想像したように言う。「増やしたの、どれ？」

「それとそれ、あと、それ」

あつ兄の示した三つをノエチが開けて、奈津子に見せた。

あらためて必要かどうか、判断する。あつ兄には申し訳ないけれど、三つとも受け取らないことにした。

自分の車で来ていたふみちゃんが後片づけと戸締まりをして帰ると言うので、先にあつ兄の車で出発し、またノエチとふたり、団地まで送ってもらった。

車止めから、三人でせっせと荷物を奈津子の部屋まで運んでいると、

「どうしたの」

興味津々、といった様子の、佐久間のおばちゃんに声をかけられた。

「あつ兄の奥さんの実家から、お宝をもらってきたんです」

「あら、素敵なもの、あるのかしら」

「今回は、食器がほとんどですよ」とノエチ。

「でも、いろんな食器ありますよ。また見に来てくださいね」

軽く応じて、どさどさと荷物を玄関に運び込むと、

「じゃあ、晩メシもおごらないで悪いけど」

素早くあつ兄が帰り、慌ただしかった半日が終わった。

ふう、と息をついて、ノエチと顔を見合わせる。

「どうしよう、こんなにもらっちゃって」

「一回、バザーしよう。じゃないと片づかないよ、これ」

ノエチがきっぱりと提案した。

「バザーか。そうだね、佐久間のおばちゃんに、人を集めてもらおうか」

困ったときは、人に頼ろう、とノエチとうなずき合った。

その夜は、前にスーパーで見つけた「永福町大勝軒」の生麺を、奈津子が自分流にアレンジして調理した。

煮干しだしのスープが有名なラーメン店の監修だった。月に一、二回は前を通るくらいの、そこそこ近場にあるお店だったけれど、いつ前を通っても、外にお客さんが並んでいる。

だから奈津子もノエチも、実際にお店で食べたことは一度もなかった。

「この、かいわれが効いてるよね」

ずばばっと麺をすすったあと、かいわれ大根をむしゃむしゃと食べて、ノエチが幸せそうに言う。

「あ、お客さん、それ、うちのオリジナルです」

奈津子は得意げに応じた。本家の写真には、チャーシューとメンマ、ネギと鳴門がトッピングされている。

「そういえば、あれも美味しかったね、六厘舎のつけ麺。あれも作ったのは、なっちゃんだったけど。太い麺が、よくしまってて」

「六厘舎も食べたことないんだけどね、お店で」

「なんか美味しくて、忘れられない味」

ノエチが言うのを聞くと、奈津子も楽しくなった。

3

「なっちゃん大変！　アニキから連絡があって、ふみちゃんとふたり、新型コロナにかかって発熱したから、おまえたちも気をつけろって」

ノエチが家に来るなり言ったのは、京王多摩川に行った四日後だった。「うつしてたらごめん、って。なっちゃん、具合はどう？」

「具合……なんともないけど」

「私も。……これから熱出るのかな」

「さあ。あつ兄たちの具合は？」

「アニキはそんなでもないみたいだけど、ふみちゃんは高熱が出て、カロナール飲んでも三十八度までしか下がらないから、なんか菌を殺す薬を処方してもらったって」

「うわ、大変だ」

最近また流行っているとは聞いていたけれど、まあまあ世間でもインフルエンザと同じくらいの扱いだったから、奈津子もノエチも、そこまで気をつけることはなくなっていた。ほとんど家にいる奈津子にすれば、人にうつされる機会も滅多になさそうだと高をくくっていたところもある。

それが急に身近な問題になった。

「どうする、ノエチ。お父さんたちにうつしたらマズいんじゃないの」

とりあえず友を家に招き入れ、久々に相手との距離を少しだけ気にしながら奈津子が訊くと、

「まあね、高齢者だからね」

とノエチも言った。「やっぱり、かかると重症化のリスクが高いんだろうか」

「そうだよ。ノエチはしばらくうちに泊まってたらいいじゃん、まだ大学休み

でしょ」

「そのほうがいいかな」

「うん、そうしなよ」

と奈津子は言った。日曜日、あれだけ一緒にいたのだから、うつっているならふたりともうつっているだろうと思った。それに月曜からだって、毎日のように遊んでいる。「もしノエチがうつってたら、もうお父さんたちにうつしてるかもしれないけど、そんときはそんときで」

「知らないうちは仕方ないよね」

「私たちも、どっちか先に熱が出たら、看病するってことにしようか」

「そうだね」

「ノエチ、食欲は？　お腹すいてる？」

「すいてるよ」

「それはいいね」

そのまま奈津子の作った夕食を食べ、配信のドラマを見た。

キリのいいところで、お泊まりに必要なものをノエチがこっそり家に取りに行き、すぐに戻って来た。

「しばらくなっちゃんちに泊まる、って言って来たよ。コロナうつすといけないからって」

「そしたら、なんて？」

「あんまり迷惑かけないようにね、だって。お母さん。遊びじゃないのに」

「遊びだと思ったんでしょ」

と奈津子は笑った。「でもさ、今週もあんまり家にいなくてよかったじゃん。毎日ここにいたでしょ」

「たしかにね。お父さんなんて、先週から、ほとんど話してないかも」

「じゃあ、熱が出るとしたら、やっぱり私たちふたりかな」

「そうだね」

「時間差があるといいね、看病できるから」

そうやって覚悟を決めて、ノエチは三日泊まっていたけれど、幸いどちらも発熱せず、食欲も減らず、まったくふだん通りだった。

四日目に一度解散して、また団地のべつべつの部屋に暮らすふたりに戻った。

その後も変わった様子はない。

熱の引いたあつ兄からは、

「ずっと食欲あるなら大丈夫だろ。うつってないな」

と安心したような連絡があったということだった。


「全部タダ！　使えるもの、どうぞお持ちください」

九月に入って、天気のよい日曜日に、奈津子は念願のバザーを開催した。

といっても棟の前のスペースにレジャーシートを敷いて、折りたたみのアルミの机も置き、その上と下に、食器や花瓶、お盆なんかを並べただけだけれども。

お代も不要なので、バザーではないのかもしれない。

ともかく、ベランダ側にレジャーシートを敷いて、品物を並べる作業をノエチとしていると、佐久間のおばちゃんが手伝いに来てくれた。

いちいち玄関を通ると面倒なので、ノエチを外に立たせて、ベランダの柵越しに物を手渡していたのだった。

日よけ対策ばっちりのおばちゃんがそこに来て、一緒に品物を受け取ってくれる。

「ここに置けばいい？」

「はい、そのへん。どこでも空いてるところで」

「これは？」

「じゃあ、そっちで」

「何人も声かけといたからね、今日、なっちゃんのところで、素敵な交換会があるから、って」

「交換会？」

奈津子は首を傾げた。

ベランダまで運んでおいた荷物が一旦片付いたので、ポットから小さな紙コップにコーヒーを注ぎ、柵の隙間から、どうぞ、とおばちゃんに渡した。

「来てくれた人に、このミニコップでコーヒーを出そうと思って」

「あら、素敵ね」

「カルディの真似ですけど」

「甘くておいしい」

おばちゃんが、ずずっとコーヒーを飲んだ。

ノエチにもミニコップのコーヒーを渡す。

「そうだ、おばちゃん、マッチは好きですか」

自分も一杯飲みながら、奈津子が訊くと、

「マッチって?」

佐久間のおばちゃんが聞き返した。

「K藤真彦のことです」

と、横でノエチが素早く答える。

「ああ、そのマッチね。べつにそこは普通かな。どうしたの、マッチ。事務所はやめたんでしょ」

「マッチったら、香港の歌姫、アニタ・ムイと付き合ってたんですよ。知ってました?」

ベランダ越しに奈津子は言った。

「よくわからないわ」

アニタ・ムイの伝記映画『アニタ』のディレクターズカット版を見るために、一ヵ月だけDisney+に加入して、さっそくノエチと鑑賞したのだった。

「マッチと付き合ってて、しょっちゅう日本にも来てたらしいです、アニタ。でもマッチの事務所にも知られて、結局別れることになって」

不遇時代からの友、レスリー・チャンとお互いのコンサートに呼び合う約束を果たしたストーリーも素敵だったけれど、やはり『アニタ』の物語を際立たせるのは、その日本のスターとの悲恋。

四十歳手前で、子宮頸がんを発症し、闘病と再起を誓って開催された香港コロシアムでのコンサートの、最後の曲。

「アニタが、こーんなにベールの長いウエディングドレス姿で、マッチの歌をうたうんですよ、夕焼けの歌」

それは映画『男たちの挽歌Ⅲ　アゲイン／明日への誓い』の主題歌で、エンディングではアニタが広東語で歌い、香港で大ヒットしたことでも知られている曲だった。

「マッチ出てるの？　映画に」

「本人は出てないですよ。でも、日本の人気アイドル歌手が、アニタの隠れた恋人だったっていうエピソードは、香港では有名だったらしくて、たっぷり出てきます。さすがに実名を避けたのか、後藤みたいになってましたけど」

「誰が演じてるの、それ」

「中島歩です」「歩です」

ピンとこない様子の佐久間のおばちゃんに、ノエチがスマホで画像を見せた。

「ああ、この人ね。最近よく見るわ。あんまりマッチっぽくないわね」

「アニタが亡くなる前に日本を訪ねて来たときに、マッチ、ふたりで会ってるんですよね。葬儀にも参列してるし、いい人なんだか、昔の恋人として、仲がよかったのか」

奈津子が全五話を見ても解けなかった謎をつぶやくと、佐久間のおばちゃんは、うんうん、とうなずき、話を無理矢理、自分の五十年前の恋人に重ねた。

D坂建設に勤めていたという、某氏のことだった。

「あやちゃんと結婚できなかったら、僕は一生独身でいる、って。彼、言ったのよね。……まだ独身かしら」

「そんなわけないじゃないですか！」

奈津子は思わず笑った。「孫いますよ、孫」

「なんなら、ひ孫」とノエチ。

「ひどいわ〜なっちゃんたち」

ちょっと恨めしそうに言い、佐久間のおばちゃんも笑った。

奈津子の家の前に広げた品物を、五分か十分に一度、誰かが覗き込んでいく。

ノエチとふたり、ベランダの椅子に座って、その来客をのんびり待っていた。

わざわざ来てくれた人も、通りがかりに見て行く人もいる。

「なっちゃ〜ん、こんにちは」

以前に網戸を直しに行った、七号棟の福田さんは、わざわざ来てくれた様子だった。

「福田さん、どうぞ〜、コーヒー飲んでください」

手招きして、ミニコップを渡すと、

「これ、おみやげ」

と、福田さんがお菓子の紙包みをくれた。「すぐ、そこのだけど。うふふ」

「いいんですか」

ベランダの柵越しに、そんなやり取りをする。

「どうぞ。私ね、今度、町屋にジャズを聞きに行くのよ、一緒にどう？　って、あやちゃんに誘われちゃって」

目のくりっと可愛らしい、芸達者な福田さんが言った。佐久間のおばちゃんのことを、いつの間にか「あやちゃん」と親しげに呼ぶようになっている。

「着物で行っちゃおうかしら、って思ってるところ。楽しみ」

「いいすね」

「これ、どれをもらってもいいの？」

レジャーシートの上の品を、ちらりと見て、福田さんは言った。「ずいぶんいいものがあるんじゃないの」

「いいですよ、放出品です。好きなだけどうぞ」

「ほらほら、ホンマさん、こっちよ」

福田さんが、向こうから歩いて来る男性に手を振った。すらっと背の高い男性だった。手に何かを持っている。近寄ると、本を一冊持っているとわかった。

「……誰、ホンマさん。知ってる？」

ノエチに訊くと、

「さあ」

と首を傾げてから、

「あ、駐車場でよく車磨いてるおじさんかも」

と言った。男性に人気のある福田さん、団地内で新しくパートナーを見つけたのだろうか。

「こんにちは」

赤いベースボールキャップをかぶって、はにかんだような笑い方をするホンマさんに、

「こんにちは。コーヒーどうぞ」

奈津子はミニコップのコーヒーを勧めた。

ホンマさんはそれを受け取り、飲みながら品物を見て歩くと、

「これ、いいですか」

横長の木箱に収められた、おちょこのセットを指差した。

「どうぞ」

奈津子の声を聞くと、自分の持って来た本をその場にそっと置き、かわりにおちょこの箱にふたをして、手に持った。

福田さんは、大きなクリスタルの花瓶を一つ、箱ごと持ち上げて胸に抱えている。ホンマさんが自分の軽い箱と、福田さんの箱を交換して持った。

「じゃあ、もらいます」

「いただくわね」

ふたりはそれを持ち帰ってくれた。

「なんだろう、ホンマさんの置いて行った本。二冊同じのを持ってて、もう一冊はサイン本なんで〜とか言ってたけど」

ベランダ越しに見ると、ノベルズっぽい、ペーパーバックの本だった。

「推理小説っぽいね。うんとね、内田康夫の浅見光彦シリーズ」

ノエチがじっと見て言った。当たっているのかどうかは知らない。

ホンマさんが福田さんのパートナーかどうかは、もっと考えてもわからないので、べつに考えなかった。

それからも、いろんな人たちが入れ替わり立ち替わり、品物を見に来てくれた。

奈津子がプレゼントした空ちゃんのお母さんもいたし（ガラス製の、鳥の置物をもらってくれた）、ノエチの両親も姿を見せた。

「ねえ、わざわざ持って帰らないでね！　それ、ふみちゃんのところの不要品だからね。今、アニキがせっせと片づけてるんだから」

木彫りのお盆を二枚手に取って、どちらにしようか、ずっと選んでいるお母さんにノエチが言ったけれど、

「え〜。ひとつほしいわ、これ」

と、お母さんが一枚を持ち帰った。

佐久間のおばちゃんは、一時間に一回くらい、誰かをつれて見に来てくれる。「こんにちは〜」「また来ちゃった」「どう？　お客さん来てる？」などなど。楽しそうに笑いながら。

「おばちゃん、いろいろありがとう」

奈津子は心からお礼を言った。「今度、D坂建設の人のこと、もっとよく調

べますね」

「え、本当に！」

佐久間のおばちゃんは、今日一番嬉しそうな顔をした。

やがて暗くなり、並べた品は半分くらいに減っただろうか。

「もう来ないかな」

「来ないね」

ノエチとうなずき合い、そろそろバザーを終えることにした。

ふたりで手分けして、片づけをはじめる。

またノエチに外へ行ってもらい、ベランダに残った奈津子が、レジャーシートの上の品を受け取って、部屋に入れる。

花瓶やお皿、お銚子や徳利、お盆を持って帰ってくれた人たちはだいぶいたのだけれど、なぜか代わりに一品ずつ、家から持って来たものをそっと置いて帰ったから、そのぶんまた品が増えていた。

もしそのプレゼントがなければ、もっとレジャーシートの上は片づいていただろう。

「佐久間のおばちゃん、交換会って言ってなかった？」

奈津子が訊くと、

「言ってたね」

とノエチがうなずいた。

「なんか余計な情報、付け足したかな。まあいいけど」

ホンマさんが置いて行った本は、ノエチが遠目で指摘した通り、本当に内田康夫の浅見光彦シリーズだった。

「あと、これ。こんなのあった？　福田さんが置いてったのかな？　たぶんクリスタルの花瓶のあったところに、そっと置いてあったんだけど」

ノエチが小ぶりな湯のみを一つ、手に取って見せた。ベランダから受け取ると、奈津子にも覚えのない品だった。

……確かに、なんとなく福田さんぽい。

貫一お宮の絵がついた、熱海温泉の湯のみだった。お宮の着物の赤と、海の青の色が、妙に毒々しい。

やはり今回のバザーの残りも、一度全部引き揚げて、こつこつと出品するしかなさそうだった。

「ちょっと和室の片づけするから、ノエチしばらく手伝ってね」

「いいよ、毎日来るよ」

「頼れるね」

「ふふふ、いつもお世話になってるからね」

と、ノエチが嬉しそうに言った。


奈津子も外に回ると、折りたたみの机を片づけて、いよいよなにもなくなったレジャーシートの上にぺたんと座った。

ベランダに灯したランタンが、あたりを照らしている。

「ノエチ、お菓子」

福田さんにもらった地元洋菓子店のブッセを見せると、ノエチもすぐ横に座った。味が二種類あったので、奈津子は「アンズ」を選び、ノエチには「チーズクリーム」を渡す。

ウエットティッシュで指先を拭ってから、個包装のお菓子の包みを開けた。

ベランダの下で焚いた蚊取り線香が、もう終わりかけている。

「ねえ、よく空ちゃんと三人で、野っ原にレジャーシート敷いて、お話ししたね」

アンズジャムのはさまった、ふわっとしたブッセを食べながら、奈津子は言った。

「したね。三人だけの、勝手なピクニック。どこでもピクニック」

ノエチも言った。

それは保育園から小学校にかけての、三人の小さな思い出だった。

「ねえ、絵本なんだけど、こんな話どう?」

奈津子はふと思いついて言った。ずっと待っているのに、ノエチからは、まだ一度もストーリーの提案はなかった。「ソラちゃんがレジャーシートに乗って、いろんなところを旅するの。仲よしのぶー子とカッパをつれて。たんぽぽの綿毛とか、雪の結晶とか、桜の花びらとか、イチョウの葉っぱとか、真っ赤なモミジとか、いろんなものが舞ってる中を、ふわ〜っとレジャーシートで飛んで行くの」

「あ、なんかイメージわいてきた」

ノエチが同じように、ブッセを食べながら、向こうを見て言った。「ソラちゃんがレジャーシートで、空をふわふわ飛ぶの。レジャーシートで旅する三人」

「おい、そのままじゃないか」

奈津子が叱ると、ノエチはこっちを見ておどけた顔をした。

「昔、空ちゃんとも、このお菓子食べたよね」

ノエチが懐かしそうに言う。地元の洋菓子店が昔から作っている、ママンという名前のブッセだった。空ちゃんと奈津子はアンズジャムのが好きで、ノエチはひとり、チーズクリーム派だった。

「そういえばノエチ、必ず二個食べてなかった？　チーズクリームのやつ」

「やめてよ、私をデブキャラにするの」

「でも、食べてたよね。うん、食べてた。ぶー子のおやつは、ソラちゃんの二倍、と。それ、いいかも」

「三人がママンを食べたら、レジャーシートが飛ぶっていうのはどう？」

「あ、いいじゃん」

レジャーシートに乗った三人が、ふわっと冒険に出る姿が、今、奈津子には見える。

〇本日の売り上げ
クレージュのヴィンテージ・キーチェーン（二十歳のときに香港で買ったもの）二八〇〇円。
Pontaのステーショナリー三点セット（ノート／クリアファイル／ペン）八〇〇円。

○本日のお買い物

〈まつ〉のナポリタン七〇〇円＋オムライス七〇〇円＋バナナホットケーキ九八〇円＋クリームソーダ五五〇円×二＝三四八〇円（バザーお疲れ会／奈津子のおごり）。

初出　本書は、書き下ろしです。また、この物語はフィクションであり、
実在する団体・人物とは一切関係がありません。

藤野 千夜（ふじの・ちや）
1962年福岡県生まれ。千葉大学教育学部卒。95年「午後の時間割」で第14回海燕新人文学賞、98年『おしゃべり怪談』で第20回野間文芸新人賞、2000年『夏の約束』で第122回芥川賞を受賞。その他の著書に『ルート225』『中等部超能力戦争』『D菩薩峠漫研夏合宿』『編集ども集まれ！』などがある。『じい散歩』シリーズは続巻含めた累計20万部を超えるヒットとなった。本書の第一弾『団地のふたり』はテレビドラマ化し話題に。

また団地（だんち）のふたり

2024年10月29日　初版第1刷発行
2024年12月 7日　　 第4刷発行

著　者　藤野（ふじの） 千夜（ちや）
組　版　アジュール
校　正　内田 翔
編　集　寺谷 栄人
発行者　マイケル・ステイリー
発行所　株式会社U-NEXT
〒141-0021
東京都品川区上大崎3-1-1
目黒セントラルスクエア
電話　03-6741-4422（編集部）
048-487-9878（書店様用受注専用）
050-1706-2435（問い合わせ窓口）

印刷所　シナノ印刷株式会社

©Chiya Fujino, 2024 Printed in Japan
ISBN:978-4-911106-27-3 C0093

落丁・乱丁本はお取り替えいたします。
小社の問い合わせ窓口までおかけください。
なお、この本についてのお問い合わせも、問い合わせ窓口宛にお願いいたします。
本書の全部または一部を無断で複写・複製・録音・転載・改ざん・
公衆送信することを禁じます（著作権法上の例外を除く）。